KB079721

입 안에 고인 침묵

입 안에 고인 침묵

초판 1쇄 발행 | 2015년 8월 10일
2쇄 발행 | 2015년 11월 5일
지은이 | 최윤정
펴낸이 | 최윤정
펴낸곳 | 바람의 아이들
만든이 | 최문정 이창섭 이민영 양태종 이소희
등록 | 2003년 7월 11일(제312-2003-38호)
주소 | 121-841 서울시 마포구 서교동 448-29
전화 | (02)3142-0495 팩스 | (02)3142-0494
이메일 | windchild04@hanmail.net

ISBN 978-89-94475-61-5 03810
978-89-90878-67-0(세트)

「이 도서의 국립중앙도서관 출판예정도서목록(CIP)은 서지정보유통지원시스템 홈페이지(http://seoji.nl.go.kr)와 국가자료공동목록시스템(http://www.nl.go.kr/kolisnet)에서 이용하실 수 있습니다.(CIP제어번호: CIP2015018445)」

입 안에 고인 침묵

최윤정 산문집

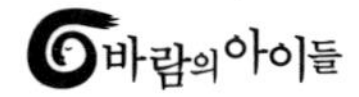

차
례

책머리에_가슴엔 별 하나

현재형이 아닌
그 어떤 사랑 이야기

누군가의 슬픔

60억의 타인들

책머리에

가슴엔 별 하나

지난 십여 년간 써 모은 글 중에서 『우호적인 무관심』에 넣지 않고 남겼던 글들을 묶어 낸다. 조금 더 개운하다. 이젠 발이 땅에 닿지 않아도 괜찮을 거 같다. 캄캄해도 괜찮고, 지도가 없어도 상관없을 거 같다. 보일 듯 말 듯 아련한 별, 지난 수십 년 생의 망각된 부분을 들추어 찾아낸 별, 이제는 그 별을 보고 가면 될 것 같다. 여기에 묶은 글들은 내 안에 있는 줄도 몰랐던 그 별을 찾느라 방황하고 고생하면서 세상과의 접점에서 내가 할 수 있거나 해야 하는 일을 하면서 혹은 번역가로 혹은 평론가로 혹은 편집자로 존재해 온 흔적들이다. 이제 그 시간을 떠나보낸다.

아주 길었던 한 계절을 보내며

2015년 7월, 최윤정

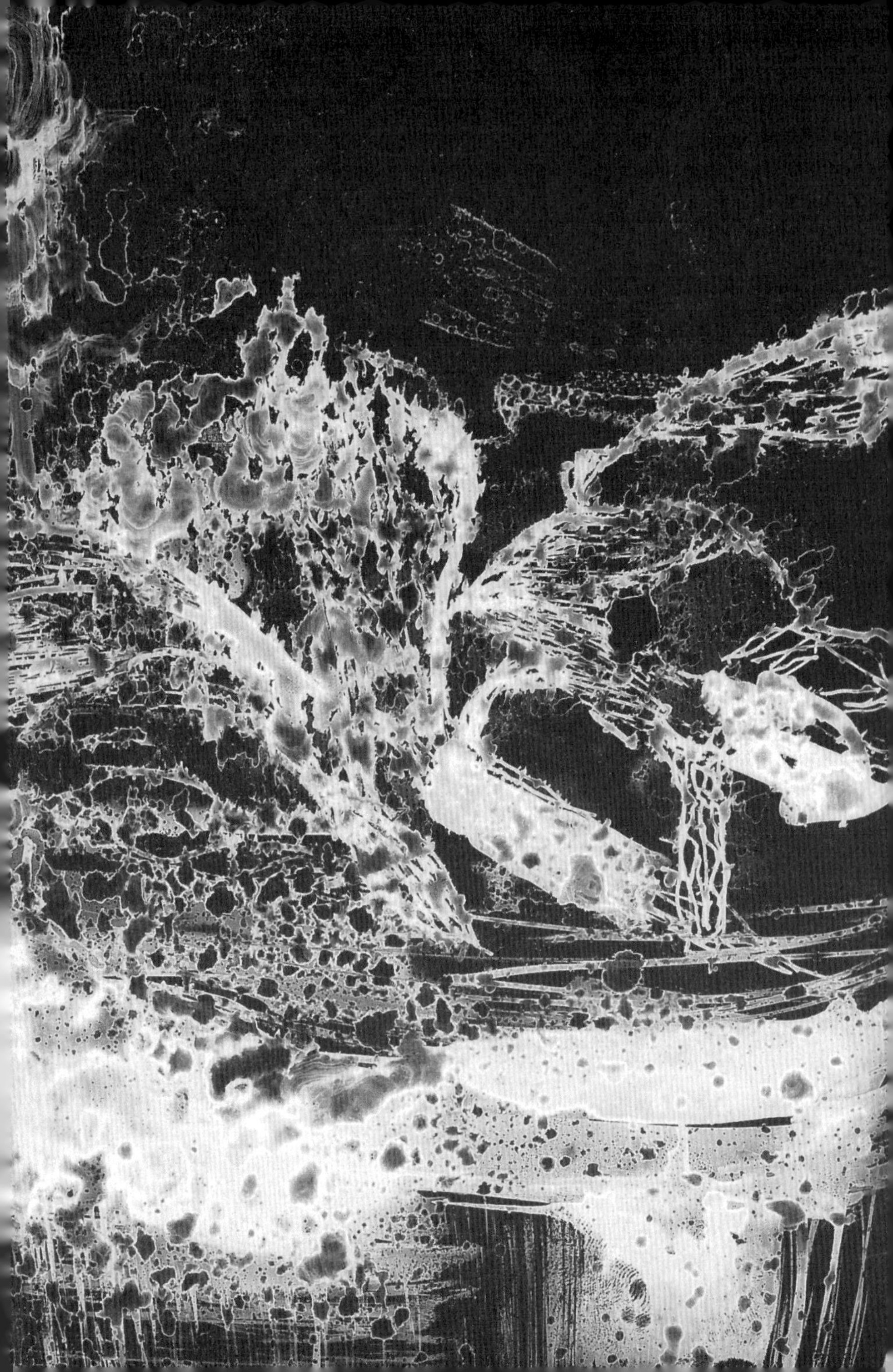

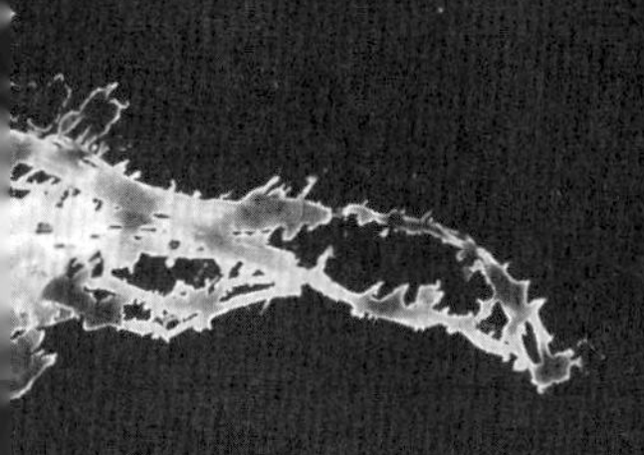

현재형이 아닌 그 어떤 사랑 이야기

에크리투와르. 소르본 광장에 있는 한 카페. 이곳에서 루이즈의 엄마와 아버지, 알리스와 오렐리앙의 만남이 이루어졌다. 이십 년 전에. 바로 그 카페에서 루이즈는 여섯 시간째 나타나지 않는 엄마를 기다리고 있다. 전철로 겨우 몇 구역 거리에 살면서도 일 년에 두어 번도 보기 어려운 엄마는 그녀에게 '명멸하는 빛'으로 존재한다.

현재형이 아닌
그 어떤 사랑 이야기

아동문학을 하는 사람들은 종종 어머니이거나 교사이다. 많은 작가들이 그렇고 나도 그렇다. 다들, 어머니가 되지 않았으면 아동문학을 했을 리가 없는 사람들이다. 정신분석의 시각에서 보면 한 인간이 형성되는데 어머니만큼 중요한 것은 아무 것도 없다. 인간은 어머니가 되기 이전에 자기 지식을 최대한 높이고 성격장애의 요소들을 없애야 한다. 그러지 않으면 문제들은 대물림 될 수밖에 없다. 문제를 가지고 태어나는가 그렇지 않은가는 전혀 개인의 선택일 수 없지만 문제들을 다스리는 힘을 길러 나가는 것은 전적으로 본인의 의지에 달려 있다. 상처 없는 삶을 살았던 자는 문학 혹은 예술이라는 선택을 하지 않는다. 대체로 그렇다. 그러니 소설이 인간 내면의 상처와 문제들의 섬세한 기록인 것은 당연하다. 아동문학을 처음 접했을 때, 내가 예술에서 얻었던 모든 위로들에 대해서 몹시도 혼란스러웠다. 상처를 파헤치는 글이 소설은 될 수 있지만 동화는 될 수 없다는 것, 그럼에도 불구하고 동화 역시 문학이라는 점에 대해서 나는 희망과 절망을 동시에 느꼈던 것 같다. 동화는 아니지만, 번역하면서 처음으로 나에게 아이의 내면 혹은 모성에 대해서 생각하게 만든 작품은 『만남』이다. 그 소설을 번역한 이후, 나는 소르본 광장에 있는 카페 '에크리투아르'를 그냥 지나치지 못하고, 혹시 쥐스틴 레비 같은 여자아이가 앉아 있지 않은가 불안한 눈빛으로 사람들을 훑어보는 버릇이 생겼다. 무심한 관광객들의 무리 속에서 초조한 눈길을 던지는 동양 여자가 그들에게는 어떻게 보였는지 모르겠다. 다만, 아를르의 국제 문학 번역가 센터에서 만난 뚱뚱한 디렉터가 쥐스틴 레비에 대해서 '아빠 덕분에' 유명해진 아이라고 말했을 때, 나는 덜도 더도 아닌 분노를 고스란히 느꼈다. 프랑스의 대표적인 철학자 베르나르 앙리 레비를 아빠로, 『보그』지 모델을 엄마로 둔 어린 여자아이가 겪었던 위험천만한 삶의 속살을 들여다본 나는 화가 났다. 그래, '아빠 때문에' 그렇게 힘들게 살았으니 그 정도 '아빠 덕'은 봐도 되는 거라고 쏘아 주고 싶었다. 아기들에게나 쓰는 '아빠'라는 낱말이 어여쁜 쥐스틴 레비에게 오히려 위로가 되기를 바랬다. 지금 돌아보면, 아무리 내가 그의 작품을 번역했다고 할지라도 지나치고 엉뚱한 반응이다. 그런데 내 개인적으로는 그 작품의 번역과 아동문학 그리고 심지어 나의 유년은 모종의 복잡한 관계가 있어 보인다.

**

에크리투와르. 소르본 광장에 있는 한 카페. 이곳에서 루이즈의 엄마와 아버지, 알리스와 오렐리앙의 만남이 이루어졌다. 이십 년 전에. 바로 그 카페에서 루이즈는 여섯 시간째 나타나지 않는 엄마를 기다리고 있다. 전철로 겨우 몇 구역 거리에 살면서도 일 년에 두어 번도 보기 어려운 엄마는 그녀에게 '명멸하는 빛' 으로 존재한다. 엄마를 기다리고 있으므로, 그리고 그녀가 오지 않으므로, 루이즈는 끊임없이 그녀를 생각한다. 혹은 그녀로부터 비롯하는 자신의 유년을, 그녀를 사랑하고 그녀를 버렸던 남자(루이즈의 아버지)로 인해서 상해 버린 한 영혼을 그윽하게 들여다본다. 그로 인해서 자신이 겪어 내어야 했던 온갖 상처를 반추한다. 담배와 알코올과 마약, 도벽, 감옥, 자살 미수, 동성연애로 점철된 알리스의 삶은 루이즈의 기억이라는 필터를 거치면서 이상하게도 혼란스러움보다는 연민을 자극한다. 기다려도 기다려도 오지 않는 엄마를 떠올리면서 루이즈는 "내 나이에, 자기 엄마가 세상에서 가장 아름다운 여자라는 생각을 계속 한다는 건 정상일까? 그리고 정기적으로 이렇게 바람을 맞는 것은 정상일까?" 하고 스스로에게 물음을 던진다. 정말 정상일까?

아버지와 엄마의 사랑, '화려하고도 비참한' 그들 사랑의 흔적으로서의 자신을, 그 '평범한 경이'를 기적으로 여기는 엄마, '영원을 마주하고 선 커다란 여자아이' 같은 엄마가 자신의 생을 망쳐 가는 데에 걸리는 시간을 지켜보면서 자기 안의 마지막 남은 그 무엇, 순진함이 불처럼 꺼져 가는 것을 바라보아야 했던 소녀, 루이즈. 그녀는, 단 한 번도 보통 엄마들처럼 딸을 보살필 줄 몰랐던 엄마인 알리스를 오히려 보호하고 싶어하지만 알리스는 그것을 용납하지 않는다. 파리의 일류 패션모델인, 눈부신 아름다움을 간직한 알리스, 모든 부르주아적인 편견을 거부하는 그녀, 지나간 사랑에 대해 좀 기이한 '정절'을 지키기 위해 다시는 사랑에 빠지지 않는 여자. 절대, 자신이 사랑했던 남자보다 조금이라도 나은 남자는 정부로 받아들이지 않는 여자. 그녀의 기벽과 방황을, 즉 절대적인 것으로까지 보이는 그 어떤 사랑의 잔해를 지켜보면서 자라난 루이즈는 결코 이 세상의 어떠한 혼돈에도 휩싸이지는 않는 탁월한 '재능'을 갖게 된다. 한 번도 사랑에 빠져 본 적은 없지만 자신의 자만심을 적당히 채워 줄 애인은 갖고 있는 루이즈, 그녀의 엄마에 대한 눈물겨운 사랑, 그러나 또, '결코 엄마를 닮고 싶지 않은' 욕망에 대한 이야기이다, 이 소설은.

사랑이라고 했던가, 욕망이라고 했던가. 한 인간이 서서히 무너져 가면서 보여 줄 수 있는 온갖 방탕한 모습을 다 담고 있는 이 소설은 그럼에도 불구하고 조금도 어지럽지 않다. 사랑에 관한, 결국은 파국으로 치닫게 되어 있는 정념에 대한 이야기이면서도 그것이 현재 진행형으로 그려져 있지 않기 때문이다. 이미 오래전에 마감된 부모의 사랑은 과거 속에 그려져 있고, 이제 막 태어나는 아드리앙과 루이즈의 사랑(믿지 않는 것을 원칙으로 하면서도 결국 루이즈는 아드리앙이라는 아름다운 금발 남자아이의 두 눈에서 '영원을 감지' 하고 만다)은 미래형으로 그려져 있기 때문이다. 과거와 현재, 그리고 현재와 미래 사이에는 거리가 있다. 그리고 그 거리에서 시가 태어난다. 현재형의 온갖 우여곡절과 과장을 생략하는 힘이 생겨 난다. 그 생략의 힘으로 이 작가는 당차고, 애잔하고, 깔끔하게 루이즈라는 열여덟 살 난 여자 아이의, 사랑에 대한 환상과 집착과 환멸을 보여 준다. 이 소설은 발표되면서 프랑스에서 세인들의 관심을 적잖이 모았고 곧이어 베스트셀러로 부상했던 것으로 보인다. 그 이면에는 이 작가의 아버지가 프랑스 현대 지성의 한 단면인 베르나르 앙리 레비라는 점이 어떤 식으로든 작용했을 것이다. 작가 자신이 이 소설이 자전적 이야기라는 점을 스스럼없이 드러내고 있는 점이 그것을 반증한다. 그러나 이 작품의 한 충실한 독자여야 했던 역자는 그러한 작품 외적인 요소를 떠나서 이 작품을 바라보고 싶다. 감정의 소용돌이 속으로 빠져들지 않고 고집스러이 사물의 표면에 머무르려는 긴장감, 밀도 있으면서도 절제된 문장들, 모종의 속도감이 주는 경쾌함, 그리고 무엇보다도, 안으로 안으로 눈물을 삼키는 모습은 어떤 점에서는 다분히 우리 정서에 맥이 닿아 있다고 보인다. 이 소설을 통해서 루이즈가, 그리고 쥐스틴이 자신들의 부모가 속했던 격동의 68세대, 그들을 향해 던지는 '당신들은 당신들이 낳은 아이들을 어떻게 했느냐' 라는 통렬한 질문은, 그래서 정면 공격이라기 보다는 뼈 아픈 반성으로 다가온다.

** 『만남』(쥐스틴 레비 지음, 민음사, 1995)에 실린 역자 후기.

평화와 고요의 흔적

내가 맨 처음으로 번역한 책은 모리스 블랑쇼(Maurice Blanchot)의 『미래의 책 Le livre à venir』이다. 안타깝게도 이 책은 더 이상 서점가에서 찾아볼 수 없게 되었다. 최근에 어느 출판사에서 모리스 블랑쇼 전집을 만들기 시작하면서 1993년 당시의 관습에 따라 저작권 계약 없이 출판되었던 이 책은 자연스럽게 사라지는 운명에 처한 것이다. 그 소식을 들었을 때의 기분을 뭐라고 말로 설명하기가 어렵다. 내가 그 작품에 쏟아부었던 것은 흔히 피와 땀으로 표현되는 에너지만이 아니었다. 그 소식을 들은 이래로, 그 책과의 첫 만남부터 번역 작업을 하게 되기까지 그리고 책이 나오고부터 지금까지 계속 옆으로, 옆으로 언어가 터 주는 길을 따라서 살아온 이력에 이르기까지 감상의 되새김질이 일어나고 있다.

내가 모리스 블랑쇼라는 이름을 처음 만난 것은 1984년 여름 프랑스와 독일의 국경지대에 위치한 음울한 도시 스트라스부르에서였다. 당시 앙드레 지드(André Gide)를 전공하겠다고 스트라스부르대학 석사과정을 공부하던 나는 나름대로 준비해 간 연구계획서를 보고 던진 지도 교수의 한마디에 받은 충격을 소화하지 못하고 멍한 상태에 있었다. 열심히 참고 문헌을 조사하고 겨우 연구의 방향을 잡은 나에게 지도 교수가 던진 질문은, 이제까지 남들이 해 놓은 연구 말고, 너만의 시선, 너만의 생각은 무엇이냐는 것이었다. 당혹스러웠다. 하나의 주제를 정한 다음 산처럼 쌓인 자료들의 숲을 따라서 길을 잃지 않고 내 언어로 정리해내는 것을 공부라고 여기고 있던 내게, 도저히 가 닿을 수 없는 거장들의 생각과 맞설 수 있는 나만의 생각을 만들어 내야 한다는 말로 들려 기운이 다 빠져 버렸다. 아무 것도 할 수 없을 것만 같았다. 프랑스어를 읽어 내는 일만도 벅찬 내게는 지도 교수의 주문이 마치, 이제 겨우 첫 발을 뗀 내가 올림픽 육상대회에 나가야 한다는 말처럼 들렸다. 지금 생각하면 그 말을 더 잘 알아듣기 위해 노력해야 했지만 어리석은 나는 그만 모든 걸 놓아 버렸다. 마음속에 들어온 것은 '너만의 독창성' 이라는 교수의 주문뿐이었다. 어디 가서 그 독창성을 찾을 것인가? 방법이 없어 보였다. 그런 교육은 한 번도 받아 본 적이 없었고, 누구에게 도움을 청할 수도 없는 상태에서 참으로 우연히 나는 모리스 블랑쇼라는 이름을 발견했다.

긴장의 끈을 놓아 버린 나는 유학 생활을 계속할 수 있을지에 대해 심각한 고민에 빠졌다. 지금도 생각난다. 클레베르 광장에 있던 서점 B 칸에서 바타이유(Bataille), 베케트(Beckett) 등의 익숙한 이름을 지나 블랑쇼(Blanchot)라는 낯선 저자의 책을 발견하던 어느 여름 날

오후가. 『기다림 망각 L'eattente l'oubli』, 『재난의 글쓰기 L'Ecriture du désastre』, 『저 높은 곳 Le Très-Haut』, 『아미나다브 L'Aminadab』, 『또마, 알 수 없는 사람 Thomas l'Obscur』, 『끝 없는 대화 L'Entretien infini』, 『미래의 책 Le livre à venir』, 『문학의 공간 L'espace littéraire』, 『낮의 광기 La Folie du jour』, 『우정 L'Amitié』, 『불의 몫 La Part du feu』, 『나를 따라오지 않던 자 Celui qui ne m'accompagnait pas』, 『영원한 되새김 Le Ressassement éternel』 등의 시적인 매력이 은은하게 풍기는 혹은 이야기 혹은 비평적 에세이이던 그 책들을 하나하나 사다가 읽기 시작했던 그 시간들은 내 안에 침범할 수 없는 평화와 고요의 흔적으로 고스란히 남아 있다. 무엇을 이해할 생각도 없이 나는 그의 글들을 그냥 그대로 빨아들였던 것 같다. 블랑쇼가 누구인지도 몰랐던 나는 수녀원 벽 쪽으로 창이 난 낡은 스튜디오의 작은 책상에서 온통 집중했었다. 책을 읽다가 그 글과 내가 그대로 통할 것 같은 충만한 기분으로, 그 순간의 행복을 기록하기 위해 책상 사진을 찍곤 했다. 시간이 그대로 멎어 버릴 것만 같았고 그 순간만은 학업에 대한 스트레스도 잊었더랬다. 블랑쇼가 난해하기로 이름난 작가라는 걸 알게 된 것은 논문 지도 교수를 찾기 시작하면서부터였다.

남들에게는 어떻게 들릴지 모르지만 나는 블랑쇼를 만나기 이전부터 이미 그가 말하는 그 세계, 현실이 아닌 글쓰기의 세계 속에서 살아왔다는 느낌이 들었다. 그것이 블랑쇼의 언어로 설명되었다는 생각에 안전한 감정을 느꼈다. 아기가 엄마 젖을 빨아들이듯 그렇게 무조건 빨아들였던 그 글들은 그러나 지속되는 행복이 아니었다. 그것을 우리말로, 한국의 독자들이 이해할 수 있는 언어로 옮기는 일은 물론 고통의 연속이었지만 그보다도 내 마음이 아는 것을 내 머리로 옮겨서 그것을 종이 위에 뱉어 내야 하는 일은 난감하기 짝이 없었다. 난생 처음 해 보는 번역이라 더더욱 어떤 확신도 없었는데 당시 블랑쇼에 관심이 많던 김현 선생님의 적극적인 배려가 많은 힘이 되었다. 갓 서른, 아직 눈이 좋을 때였지만 작은 글씨가 빼곡한 문고판을 확대 복사해서 한 장씩 독서대에 올려놓고 번역하던 날들을 기억한다. 첫아이를 임신하고 남편이나 나나 기본적인 생활을 보장할 수 없는 불안한 프리랜서 시절이었다. 그 불안을 버티게 해 준 것이 이 난해하디 난해한 번역 작업이었다. 이상하게도 그랬다. 작업이 끝나고 책이 나왔을 때 나는 과연 내가 제대로 번역을 했는지 알 수 없었고 두렵기도 했다. 책 표지에 내 이름이 있는 것도 신기하던 시절이었는데 『출판 저널』에 실린 김성곤 교수의 서평이 얼마나 힘이 되었는지 모른다. "이 책을 우리 말로 읽을 때 간혹 명료하지 않은 부분이 눈에 띄기도 했지만, 전체적으로 보아 블랑쇼의 음악적이고도 독특한 문장의 묘미를 살리는 데 성공하고 있다…… 능숙하고 미려한 번역은 이 책에 품위를 더해 주고 있다" 지금 보니 완전한 칭찬이 아닌데, 문단에 아는 사람 하나 없던 나는 책을 매개로 어떤 필자가 나에 대해서 말한다는 사실 자체에 감격했던 거 같다. 그 후로 21년이 지났고 수많은 책을 번역했고, 또 다른 책들을 쓰고, 더 많은 책들을 만들었지만 책 혹은 글과 함께 하는 내 삶의 깊은 곳에는 이 때의 순결한 감정이 남아 있다.

오랫동안 어린이 책을 번역하고, 평론 작업을 하고, 이제는 신인 작가를 양성하는 편집자 역할을 하고 있는 내게 얼마 전 새로운 번역 청탁이 들어왔다. 프랑스 화가 발로통(Vallotton)의 그림을 정신분석가 나지오(J-D Nasio)가 분석해 낸 아름다운 책이다. 그 책을 들여다보면서 은은하게 불꽃이 올라오는 걸 느낀다. 요즘은 글을 이미지로, 음악과 몸짓을 언어로 '번역'해 낼 수 없을까, 혹은 그 반대로 낱말을 그림으로, 말로 하지 못하는 마음속 깊은 곳의 정서를 춤으로 표현해 낼 수 없을까 등등의 추상적인 생각에 빠져 있던 차에 만난 책이다. 활동적이지 못한 내가 이미 하고 있는 일만도 벅차다는 계산과는 달리 이상하게 마음이 끌린다. 어떤 새로운 인연과 만나게 될지도 모른다는 설레임이 인다. 또 다른 이야기가 시작될지도 모르겠다.

** 『대산문화』 2014년 53호에 실린 원고.
'번역의 계기와 원동력' 에 대해 써 달라는 편집자의 청탁에 맞춰서 썼다.

견결한 자기긍정

『인숙만필』(황인숙 지음, 마음산책, 2003)을 다 읽었다. 원래 다 읽을 생각이 없었는데도 그랬다. 그러니까 그냥 좋은 책이라고 생각해야겠다. 다 읽을 생각으로 시작했는데 다 읽지 못하는 책도 허다하니까. 나는 책을 잘 읽지 못하는 편에 속한다. 그래서 남독가라든가 독서광이라는 사람들한테는 영원한 콤플렉스를 느낀다. 내가 책을 잘 읽지 못하는 이유는 이렇다. 책을 읽으면 언제나 스멀스멀 말들이 나를 타고 올라온다. 그래서 뭔가 쓰고 싶어진다. 그래서 책을 읽으면서 책 언저리에 낙서를 하거나 아니면 수첩을 곁에 두고 끄적거리거나 그것도 아니면 아예 책장을 덮고 컴퓨터를 켜거나 그러는 습관이 있다. 그런데 그렇게 하면 책을 계속 읽을 수가 없다. 그래서 그냥 계속 읽으면 내 안에서 웅얼거리면서 밖으로 나오고 싶었던 그 말들이 흩어지고 사라져 버린다. 책을 다 읽고 나면 그게 억울하기도 하고 허전하기도 해서 머리가 아플 때가 많다. 이러니 나는 책을 집어 드는 일 자체를 좀 두려워한다. 그런데 내 직업이 책 읽고 글 쓰는 것 혹은 책을 만드는 것이기 때문에 나의 이런 성향은 대단한 콤플렉스가 될 수밖에 없다.

글이란 이상한 것이다. 무엇에 대해서 쓰려고 한다고 그것에 대해서 써지지 않는다. 첫 문장 앞에서 잠시 망설이게 되고, 나 자신도 이해할 수 없는 단호함으로 그 망설임을 밀어내고 나면 그때까지 내 안에서 웅성대던 더러 아주 정확하고 제법 그럴듯한 표현까지 찾았던 상념들도 공중분해 되어 버리고 그냥, 첫 문장이 써지고 그 다음 문장들은 그 앞의 문장들이 만들어 내는 거 같다. 그건 또한 글을 쓰는 맛이기도 해서 좀체로 나는 그 매력에서 헤어나지 못한다. 내가 뭐든 창작을 하는 사람이었다면 나의 이런 습관은 아주 유용할지도 모르겠다. 그런데 나는 소설가도 시인도 동화 작가도 아니라서 자주 비참하고 답답하다가 종내는 비관적이 된다. 내가 꿈꾸는 나에 대한 유일한 복수는 그동안 끄적거린 모든 글들을 흔적도 없이 제거해 버리는 것이다. 컴퓨터가 없던 시절, 나는 그것을 없애 버리는 방법을 어떻게 택해야 할지 진지하게 고민하곤 했었다. 태워 버리는 건, 너무 낭만적이어서 싫고, 쓰레기통에 갖다 버리자니 혹시라도 누가 볼까 전전긍긍하는 마음으로 되고…… 조금 나이가 들고부터는 그래 쓰레기통에서 주운 글을 누가 좀 읽어 보면 어떠랴 싶은 생각이 들더니 조금 더 나이가 드니까, 누가 주웠다 할지라도 틀림없이 읽지 않고 다시 버리리라는 확신이 들었다. 정말 그렇게 생각이 들었다. 그러고 나니 거짓말처럼 마음이 좀 편해졌다. 고민 한 가지를 던 기분이었다. 게다가 요즘엔 파일 하나 삭제해 버리는 게 얼마나 간편한가 말이다. 컴퓨터라는 물건을 거의 워드프로세서로 쓰고 고작 메일 확인하는 데에만 쓸 줄 알 뿐이지만 나는 컴퓨터가 정말 좋다.

오늘 새벽에 일어날 생각이었기 때문에 어제는 11시가 되는 걸 보고 잠자리에 들었다. 근데 황인숙 땜에 웃겨서 못 자고 일어났다. 정말이지 자기 말마따나 샛길로 잘 빠지고, 온순하고, 참을성이 없는 사람인가 보다. 내참, 잠자리에서 혼자 소리 내서 낄낄 웃다가 벌떡 일어나고 만 적은 난생 처음이다. 다음은 '쇼핑은 즐거워' 라는 제목의 글 일부이다. 킴스클럽에 갔다가 사 온 것들을 정리하느라 맨 김치를 먹고 그다음엔 바나나, 블루베리 요플레, 다시 김치, 아이스케키, 분유 순으로 먹다가 그녀가 하는 말이다.

"…… 깡통에 든 분유가 너무 비쌌다. 저마다 자기 먹을 것은 타고난다지만 그렇게 비싼 우윳값을 타고나야 하다니 요즘 아기들이 딱하게 여겨졌다. 영양 만점에 품질도 끝내주는 모양인데, 이 나이에 두뇌 발육이 촉진될 리도 없고 영양 만점이어 봤자 살이나 더 찔 것이기에 깡통 분유들의 위용을 외면하고 선반 밑자리 구석에 쌓여 있는 알루미늄 봉지 분유로 눈을 돌렸다. 그곳에는 전지분유와 탈지분유, 단출하게 두 종류의 분유가 있었다. 전지분유가 더 맛있을 듯싶었지만 성분을 비교해 보니 지방이 탈지분유보다 25배 많았고 탄수화물, 단백질, 칼슘, 나트륨은 탈지분유에 훨씬 많았다(이렇게 학구적으로 물건을 고르니 쇼핑 시간이 많이 걸릴 수밖에)…….

뜨거운 물에 탄 분유는 데운 우유와 또 다른 맛이다. 우윳빛 맛, 유순하고 무구한 맛, 따뜻하고 바보 같은 맛이다. 욕심이 넘쳐서 너무 큰 그릇에 분유를 탔나 보다. 5분의 2쯤 마시니까 배가 부르고 살짝 질린다. 설탕을 넣고 싶지만 그러면 바보 같은 맛이 손상된다. 그냥 마신다. 조금 질리기도 하는 게 바로 따뜻한 우유 고유의 맛이다. 그래서 아기들이 우유를 먹은 다음에 꼭 트림을 하는 것이다." 하하, 결론이 이렇게 웃기는데 우유 다음으로 블루베리 요구르트를 먹으면서 또 삼천포로 빠져서는 블루베리 숲이 있는 곳에 사는 자기네 언니 얘기를 하며 이렇게 인용한다. "내가 저 세 마리 인간들(남편과 두 아들) 때문에 정말 미치겠어!"

옮겨 놓고 보니 어쩐지 안 웃겨서 맥이 빠진다. 어제는 지친 몸을 재우지 못할 정도로 웃겼는데…… 시인은 시로 소설가는 소설로 말해야 된다는 게 평소 내 생각이다. 그래서 이런저런 잡문들을 모아서 책을 내는 작가들을 난 좀 탐탁찮게 여긴다. 이렇게 쓰고 나니 이런 책을 내고 있는 나 자신이 가장 먼저 생각난다. 그래도 원칙적으로는 그렇다. 근데 어젯밤에는 원칙과 상관없이 인생살이가 전반적으로 웃기게 생각되었다. 도대체 주눅이라고는 모르는 것 같은 일면식도 없는 그녀! 그 여자 때문에 피곤해 죽겠는데 잠도 못 잤건만 뭔가 통쾌하기 짝이 없다. 고종석은 발문에서 황인숙을 기품있는 여자라고 했는데 그냥 믿기로 한다. '기품', '견결한 자기긍정'이라는 수사가 너무나 마음에 든다.

옛날 식의
뜨거운 정열

'옛날식의 뜨거운 정열'의 한복판에는 물론 남녀상열지사가 있다. 『달의 제단』(심윤경 지음, 문이당, 2004)은 상룡과 정실의 사랑 이야기이다. 조씨 가문의 종손인 상룡과 남편에게 소박맞고 상룡의 집에 들어와 살림을 거들며 얹혀살고 있는 달시룻댁의 병신 딸 정실의 사랑 이야기. 이런 식의 구도는 '옛날'식 드라마에 자주 등장하는 소재이다. 그러나 그것이 '사랑'이었던 적은 거의 없었던 거 같다. 게다가 '가문'에 희생 당하는 여인들의 이야기는 또 얼마나 흔한가. 하지만 상룡의 8대조 할머니와 그 손녀 간에 오고간 십여 통의 언찰들만큼, 무력한 여성 본인들의 목소리를 빌어 그 비인간주의를 애통하고도 절절하게 표현했던 작가가 일찍이 또 있었던가……

과문한 탓인지 모르지만 남성 작가들에 의해서 다루어졌던 이런 소재들은 에로티즘과 비극과 운명 혹은 비장미와 감상주의가 그 비율만 달리한 채 이리저리 섞여 있었던 느낌이었다. 여성 독자로서의 나는 매번 몹시 불편하고 절망스럽고 또 어지럽기도 했다. 그러나 심윤경의 시각은 다르다. 인생의 남루함과 거미줄 같은 인연에 대해서 말하면서 그녀는 휴머니스트의 입장을 고수한다. 미학적 긴장이 유감없이 발휘된 의고체 문장들(전편에 걸쳐 적절하게 배치된 이 언찰들은 빼곡히 달린 각주의 도움을 받지 않으면 해독이 힘들 정도의 옛말로 되어 있어서 읽어 내기가 녹록치 않다) 속에 녹아 있는, 가령 "앞으로 8만 8천 번 윤회하더라도 나무나 돌로 다시 태어날지언정 비잠주복(飛潛走伏 새, 물고기, 짐승, 벌레의 통칭. 모든 동물) 무엇이든지 암수 나뉘고 어미가 새끼 낳은 것으로는 다시 나지 않고자 하나이다. 자비

하신 석가세존께옵서 이생 이리 떠나는 불쌍한 모녀에게 다시 여자의 몸을 입히시지는 아니하시오리다"와 같은, 스러져 가는 여인의 가냘파서 더 호소력 있는 목소리는 문학에 대한 뜨거운 정열이 아니고 무엇이겠는가.

어느새 우리말 속에 자연스럽게 자리 잡은 '쿨'의 이미지는 작가에게나 독자에게나 이런 식의 '정면대결'을 너무 쉽게 잊어버리게 만든 것 같다. 이런 자각을 '분자 생물학'을 전공한 서른 두 살짜리 작가를 통해서 하게 된 것이, 내게는 개인적으로 더 신선한지도 모르겠다. 알고 보면 '시대적 감성'이라는 것도 숫자 놀음과는 상관이 없는 모양이다. 아니, 역사가 아닌 예술에 관한 한, 역시 개인은 시대에 우선하는 모양이다. 문학은 힘이 세다는 것을 또 한번 즐겁게 확인한다.

노벨 문학상 수상 연설

영국 작가 도리스 레싱(Doris Lessing), 2007년 현재, 88살이란다. 건강이 안 좋아서 지난 12월 7일에 스톡홀름에서 있었던 시상식에 가지 못한 작가의 연설문은 편집자가 대신 낭독했다고 한다. 그 연설문의 일부가 『르몽드 Le Monde』지에 실렸다. 내가 이 글을 접한 건 순전히 우연이었다. 파리와 런던을 거치는 보름간의 약간 긴 방랑 혹은 방황을 마치고 귀국길에 탄 비행기가 에어 프랑스여서 그날 치 신문을 접할 수 있었던 거다. 운이 좋았다고 할까.

이번 여행에서 나는 팡테옹에서 느꼈던 신성함을 가슴 한 켠에 간직

했음에도 불구하고 뭔가 정리가 안되는 상태로 돌아오는 중이었다. 원래 기내에서 잠을 잘 못 자는지라 아예 처음부터 책이고 신문이고 노트고 다 펼쳐 놓고 앉아 있는 중이었다. 도리스 레싱의 연설문에는 구구절절 내 마음에 와 닿는 말만 많았는데 그 중에서 '작가'에 대한 구절을 골라 여기에 대략 옮겨 본다. 작가에게 중요한 것은 글을 쓸 자유로운 공간을 확보하고 있느냐는 문제인데, 왜냐하면 그 공간이란 작가가 인물들이, 영감이, 아이디어가 해 주는 말을 받아들일 수 있는 어떤 청취의 형태(une forme d'écoute) 같은 것이기 때문이라고 한다. 만일 작가가 그런 공간을 확보하고 있지 못하다면 이야기든 시든 죽어서 태어날 거라고 한다. 물론 도리스 레싱이 이야기하는 그 공간이 단순히 물리적인 작업실을 뜻하는 건 아닐 것이다. 그 증거로 바로 다음에 이런 얘기가 이어진다.

"런던, 엄청난 도시죠. 여기 신인 작가가 하나 태어났다고 칩시다. 사람들의 찬사가 쏟아지고 심지어 그 작가는 거대한 선인세 앞에 무너집니다. 축제가 벌어지고 가는 데마다 박수갈채가 터지고 세계 곳곳으로 불려다니고…… 하지만 나이를 먹을 만큼 먹은 우리는 압니다. 그 작가 자신은 지금 자기에게 무슨 일이 일어난 건지 모르고 있다는 것을. 일 년이 지난 다음에 그에게 물어보세요. 그래서 어떤 생각을 하게 되었는지. 안 들어도 뻔합니다. 대답은 이런 거예요. "내게 일어날 수 있는 최악의 일이 일어났습니다" 어떤 작가들은 화려하게 등장했지만 영영 글을 쓰지 못하게 되었거나 자신이 본래 쓰려고 했던 대로 쓰지 못하게 되었습니다……."

신문 한 면을 다 차지한, '발췌' 했다는 그 연설문에는 노벨상을 받은 기쁨이나 설레임 같은 것에 대한 얘기는 하나도 없었다. 독서와 교육과 도서관과 작가의 태도에 대한 '올바른' 얘기뿐이었는데 지루하기는커녕 진솔하고도 감동적으로 다가오는 것은 왜일까. 마침 들고 있던 붉은 펜으로 밑줄을 그어 가며 읽고 있는데 느닷없이 붉은 잉크가 뚝 떨어졌다. 놀라서 휴지로 닦아 내니 하얀 휴지에 피처럼 묻어났다. 가슴이 뛰었다. 어쩐지 우연이 아닌 것 같은 기분에 조심스럽게 잉크를 처리하고 가장 예쁘게 번진 붉은 반점을 오려 내어 공책 한구석에 붙여 두었다. 그런 짓을 하고 싶어질 만큼 순진한 기분으로 만들어 주는 글이었다.

문학상,
상금 인플레 시대

세상 구석구석에서 사람들이 비슷한 생각들을 하는 모양이다. 다음은 2008년 1월 12일자 한겨레 신문에 실린 최재봉 문학 전문 기자의 칼럼 일부다. 이 글의 생략된 윗부분은 최근 다양한 문학상들이 내걸고 있는 상금의 액수에 관한 이야기와 신인들이 장편소설 하나 잘 쓰면 수천만 원을 '거머쥘' 수 있다, 혹은 '벌었다'는 이야기다. 억대에 이르는 상금의 액수가 어린이문학계의 그것을 훌쩍 넘어서는데 이런 문학상의 수효는 오히려 어린이문학상이 더 많기 때문에 상금을 합산하자면 결국 마찬가지가 아닌가 하는 생각도 든다. 이렇게 어이없는 계산을 해 보게 만드는 상'금'의 힘이라니!

“고액 상금을 내건 문학상이 느는 데는 나름대로 타당한 이유가 없지 않다. 문학의 위상이 갈수록 저하되고 있는 상황에서 높은 액수의 상금을 통해서나마 문학에 대한 사회적 관심을 제고하고, 재능 있는 잠재 작가들의 참여와 문학적 투신을 유도하는 효과가 분명 있을 것이다. 그러나, 당연한 말이지만, 상금 액수의 고저가 작품의 질을 좌우하는 것은 아니다. 상금 액수를 경쟁적으로 늘리는 것은 상대적으로 나은 작품을 확보하기 위한 방책으로 이해되지만, 장기적으로 보아 그것이 오히려 역효과를 내는 것은 아닌지 따져 볼 일이다. 가령 프로 스포츠 선수들의 과도한 몸값이 경기 발전에 별로 기여하지 못하는 상황을 타산지석으로 삼을 수도 있을 것이다. 이른바 ‘먹튀’가 문학에서라고 없으란 법은 없지 않겠는가. 고액 문학상을 문학에 대한 사회적 투자라는 관점에서 긍정적으로 볼 이유는 충분하다. 그러나 그것이 혹시라도 우리 사회를 지배하고 있는 성장 이데올로기의 문학적 반영은 아닌지 점검해 볼 일이다. 문학적 논리와 맥락에 따른 자연스러운 문학의 부흥은 물론 바람직스럽되, 인위적인 경기 부양식의 '쏟아붓기'는 곤란하다. 거품 경기가 경제의 건전한 기반을 갉아먹는 것처럼 과도한 '투자'는 작가와 문학을 타락시킬 수도 있다. 문학과 돈, 적당한 거리와 긴장이 필요하다."

나는 지금 『뚱보, 내인생』(미카엘 올리비에 지음, 바람의아이들, 2004)의 작가가 쓴 자전적인 이야기를 읽으려는 참이다. 그의 홈페이지에 들러 다양한 글들을 살펴보고 그가 얼마나 치열하게 글쓰기에 자신을 던져 넣었는가를 확인하고 그 뜨거움에 살짝 전염이 되었다고 할까. 그의 이력을 살펴보니 그가 결정적으로 '뜨게' 된 것은 『뚱보, 내 인생』이 유럽에서 16개의 문학상을 받게 되면서부터다. 그는 여전히 공격적으로 수많은 글쓰기에 임하는 한편 어느 출판사에서 편집일도 시작했는데 문득 그 열여섯 개 상에 상금이 우리나라 문학상의 10분의 1만큼이라도 있었다면 어땠을까 하는 생각이 든다.

기억과 상상

프랑스 현대문학의 거장 르 클로지오(Le Clézio)가 한국에 왔다. 내일 강연회를 앞두고 신문들이 앞다투어 취재를 했는데 그중 중앙일보에 실린 기사에 따르면, 한국을 왜 좋아하느냐는 물음에 그는 프랑스와 한국의 공통점을 몇 가지 이야기하고 나서 이렇게 말했다. "일주일에 한 번씩 서울 모습을 찍어 영화로 만든다면 마치 생물처럼 꿈틀거리는 것으로 보일 것 같다" 과장이 좀 심하고 그야말로 영화적인 상상력이지만 웃고 넘기지 못할 대목이다. 지난번 방한 때 보았던 신촌 역사가 없어지고 그 자리에 들어선 영화관이며 쇼핑몰을 보면서 한 말이기에 더더욱. 신촌에서 대학 시절을 보낸 나로서는 특히나 더 그런데, 종횡무진으로 번잡한 신촌 한 켠에 고즈넉한 역사가 있다는 게 위안이었다. 그런데 이제는 그곳을 지날 때마다 흉물스런 밀리오레 간판과 밉살맞은 건물을 보면서 이상한 자괴감을 느끼곤 한다. 이제 완전히 적응이 되어 무감각해져 버렸지만 한때 서울의 간판들에 진저리를 쳤고, 어딜 가도 뭔가 부수고 짓는 데에 넌더리가 나서 '서울은 영원히 공사중' 이라며 투덜거리곤 했는데 이방인인 그가 영화, 생물체, 운운하는 걸 보니 새삼 바깥의 시선이 필요하다고 느껴진다. '기억과 상상' 은 그가 내일 할 강연의 제목이다. 프루스트를 인용하면서 그가 다음과 같이 말했는데 절대 동감이다.

"프랑스 작가 프루스트는 '작가에게 상상이란 없다. 단지 기억만으로 글을 쓴다' 고 얘기했다. 개인적인 체험에 대한 기억뿐 아니라 책이나 영화, 문화 전반에 대한 기억을 토대로 글을 쓴다는 것이다. 프루스트의 말이 상당히 맞다고 생각한다. 특히 인터넷이 발달해 정보를 쉽게 접할 수 있는 요즘엔 더더욱 그 말이 맞는 것 같다. 작가란 집단적인 기억을 조금 더 어루만져서 작품을 쓰는 게 아닐까 생각한다."

글을 쓰거나 무슨 생각이 떠오를 때면 그것이 내가 해낸 생각인지 이제까지 읽고, 보고, 들은 것들을 나도 모르게 내 안에 저장했다가 꺼내는 것인지 알 수 없다는 생각이 들 때가 있다. 그러면 무엇을 어디서부터 찾아서 따옴표를 붙여야 정직한 것인지 알 수 없다는 마음과, 실제로 그런 작업을 할 방법은 없어 보인다는 판단 사이에서 갈등하는 지나친 결벽증을 갖고 있는 내게는 적지 않은 위로가 되는 말이다.

저 하늘의 수많은 별들

2006년 6월 23일 오늘 한겨레 신문에서 읽은 김연수의 글 중에 이런 게 있다.

"…… 뭐, 그럴 수도 있다. 돈 때문에 대충 번역할 수도 있다. 하지만 그러려면 왜 번역 따위를 하겠는가. 이 세상에는 그보다 돈을 잘 벌 수 있는 직업이 저 하늘의 별만큼이나 많은데. 문제는 출판계의 사정은 앞으로도 계속 어려울 것 같고, 번역료도 크게 오를 것 같지가 않다는 점이다. 그렇다면 우리가 기댈 것은 오직 칸트가 말한 '저 하늘에는 수많은 별들, 내 마음에는 도덕률' 과 같은 명징한 윤리뿐일 텐데 왜 그랬을까? 공부는 잘 되는지, 사귀는 여자 친구는 없는지, 그런 질문이나 던질 수 있다면 참 화기애애한 출판사가 될 텐데."

이중 번역을 비판하는 글이기는 하지만 그래도 고지식한 원칙주의자인 나로서는 '돈 때문에 대충 번역할 수도 있다'가 못내 마음에 걸린다. 하지만 '그러려면 왜 번역 따위를 하겠는가'라는 구절에 속이 다 시원하다. 그건 내가 동화 써서 먹고살 수 있냐는 질문부터 던지며 머뭇머뭇 다가오는 신인 작가들에게 차마 입 밖에 내지 못한 대답이기도 하다. 정말 순진한 그들의 질문에 차마 '돈을 벌려면 돈을 벌 수 있는 일을 선택하는 것이 낫다. 세상에는 동화를 쓰는 일보다 돈을 더 많이 벌 수 있는 일은 얼마든지 있다'라고 당당하게 대답해 줄 수가 없었다. 이제까지 살면서 나는 출판이 불황이 아니라는 말은 한 번도 들어 본 적이 없다. 그건 내 경우뿐만도 아니고 대한민국의 경우뿐만도 아니다. 그리고 김연수 말마따나 출판계 사정은 앞으로도 계속 나아질 것 같지 않다. 그러니 글 쓰고 책 만드는 우리 같은 인간들 마음 속에 또렷이 빛나야 할 것은 딱 하나의 별이 아닌가 말이다.
날이 차다. 스쿨버스가 끊긴 새벽길, 스카이웨이 길로 해서 아이를 학교에 데려다주고 왔다. 두툼한 트레이닝복 차림으로 운동하는 사람들이 꽤 많다. 몽롱한 정신으로 작은 아이 지각하지 않을까 엑셀을 밟으며 그들을 곁눈질 한다. 자기 앞의 고독을 온몸으로 밀어내며 혹은 걷고 혹은 달리는 그들이 존경스러운 마음으로 된다. 혼자 자기 단련을 하고 있는 그들에게서 자기 안에 또렷이 빛나는 별을 가진 작가들을 떠올렸다면 지나칠까. 쉽게 반짝하고 쉽게 흐릿해지는 어린이문학 판의 별들이여…….

낙타가 바늘구멍에 들어가는 것보다

낙타가 바늘구멍에 들어가는 것보다 더 어려운 게 미국에서 작가가 되는 일이라고 한다. 미국에서 등단하려고 하는 한국인 2세에게 들은 말이다. 오랜 미국 생활을 하다가 잠시 나와서 일을 하고 있는 그의 눈에 비친 한국은 신기한 일투성이인가 보았다. 그중에서도 가장 신기한 게 작가라는 사람들의 '안정된' 위치라나. 그는 이렇게 말했다.

"한국에서는 유명한 작가는 어디서나 책을 내려고 하잖아요? 이해할 수 없어요."

이 말의 뜻은 이랬다. 한국의 출판사는 어떤 작품이 좋아서가 아니라 작가가 유명하기 때문에 책을 내지 않느냐는 거다. 출판을 하고 있는 나로서는 듣기 거북한 말이지만 아니라고 할 수도 없는 말이어서 다 그런 것은 아니라고, 한국에는 어쩌면 미국보다 출판사가 더 많기 때문에 빚어지는 현상 중의 하나일 거라고 대답해 줄 수밖에 없었다. 미국은 에이전트 문화가 강한 나라다. 작가도 에이전트가 있어야 일을 하고 출판사도 에이전트가 있어야 일을 한다. 이 친구도 들어 보니, 자기 친구의 친구인 에이전트를 소개 받아서 그 에이전트가 작품에 대한 이야기도 들어 주고 원고도 봐 주고 수정 작업도 같이 하면서 자기에게 맞는 출판사를 소개시켜 주고 책으로 내게 해 준다고 한다. 이야기를 다 듣고 보니 그럼 출판사는, 에디터는 뭘 하는가 싶었다. 대답이란 게 이랬다.

"에디터가 하는 일은 그 책이 출판사의 매출에 어떻게 기여하는가를 계산하는 거예요."

이렇게나 명쾌하게 대답하다니! 더 이상 고전적인 의미의 에디터는 없어졌고 작은 출판사는 끊임없이 커다란 출판사로 흡수 통합되고, 모든 것은 매출이 결정한다고 한다. 결국 에이전트가 하는 일도 원고를 만나면 어떤 출판사의 매출과 연결될 작품인지를 판단하고 연결하는 거라고 한다. 그래서 미국에서는 노벨상이나 퓰리쳐상을 받은 작가도 대학교수인 작가도 전작이 베스트셀러인 작가도 다음 작품을 써서 출판을 할 수 있을지 없을 지가 불확실하다고 했다. 어떤 출판사도 작가의 이름만으로 계약을 하지는 않는다고 했다. 작가가 된다는 게 낙타가 바늘구멍에 들어가는 것만큼 어렵다는 얘기는 그런 얘기였다. 『소설』(제임스 미치너 지음, 열린 책들, 2009)에서 본 것과는 영판 다른 얘기였다. 남의 얘기인 만큼 가감해서 듣는다고 해도 그런 거 같았다. 씁쓸했다. 한국이나 미국이나 구조는 다르지만 좋은 작품, 좋은 작가가 나오기에는 참 나쁜 환경인 건 똑같은 모양이다.

재미는 미덕인가

나쁜 텍스트는 나쁜 사고를 낳는다. 지금부터 십여 년 전, 아동문학 쪽으로 방향 전환을 하면서 마구잡이로 책을 쌓아 놓고 읽은 다음에 내린 결론이었다. 아이러니컬한 것은 이런 생각을 '나쁜 텍스트'들을 읽으면서가 아니고 가뭄 끝의 단비 같은 한 권의 좋은 동화를 만난 다음에 하게 되었다는 사실이다. 똑같은 아니, 거꾸로 된 경험을 요 며칠 사이에 하고 있다. 좋은 텍스트는 좋은 생각을 낳는다. 프랑스 청소년 소설 한 권을 읽고 든 생각이다. 나쁘다, 좋다, 너무 단순한 구분인지 모르겠다. 그러나 우리나라 청소년 소설에 대한 고민에 빠져 있던 내게는 너무 절실한 판단이다. 그 소설이 어떤 내용인지에 대해서 여기서 말할 생각은 없다. 다니엘 페낙(Daniel Pennac) 식으로 변명을 하자면 하나의 관념으로 요약되는 소설은 작품으로서는 실패한 것이기 때문이다. 게다가 나의 관심사는 그 소설이 아니라 요 몇 해 동안 발표되고 있는 국내 작가들의 '재미있는' 작품들이다. 재미, 언제부터인가 재미가 화두가 되었다. 각종 서평은 물론이고 문학상 심사평에서조차도, '이 작품의 미덕은 무엇보다도 재미있다는 것이다' 라는 문장을 심심찮게 만나게 되었다. 그러나 생각해 보자. 과연 재미를 미덕으로 평가해야 할까?

청소년 소설은 누구나 쓰기 어려워한다. 소설가도 동화 작가도. 결국 부딪히게 되는 것은 청소년 소설의 본질에 대한 물음이다. 소설과 동화와 청소년 소설이 어떻게 다른가라는 문제에 대해서 간단한 답변을 내리기는 어렵지만 잘 쓰여진 한 편의 작품은 그 자체로 좋은 대답이 되기도 한다. '청소년' 이라는 인생의 특수한 시기를 살고 있는 독자들을 위한 문학작품이 담아내야 할 것은 다양한 가치들에 대한 이야기가 아닐까. 아직 체념과 포기와 타협을 배우지 않은, 머리와 가슴이 모두 뜨거운, 어른도 아이도 아닌 존재들인 청소년. 이들에게 세상과 인간에 대한 성찰의 기회를 제공하기 위해서는 서로 모순되고 충돌하고 흔들릴지언정 어른들 각자가 만들어 지니고 있는 허무주의가 아닌 가치관들을 보여 주어야 하지 않을까. 대책 없이 반항적이고 혼돈스러운 청소년 독자와는 달리 어른인 작가는 나름의 방향성을 가지고 있어야 한다는 얘기다. 결국 교육적 배려를 얘기하지 않을 수 없는데 이는 동화나 청소년 소설의 주제나 소재에 금기를 두어야 한다는 말이 아니다. 외국의 좋은 작품들을 보면 죽음은 물론이고 폭력이나 섹스 심지어 마약 같은 문제들도 심도 있게 다루고 있지만 전혀 자극적이지 않고 몹시 문학적이고도 교육적이다. '비교'는 확실히 문제를 드러내는 좋은 방식이다. 이런 작품들과 비교해 보면 요즘 화제가 되고 있는 우리 청소년 문학 작품들에 대한 평가가 엇갈리는 것은 결국 작가들의 인생관과 세계관의 한계 때문이 아닐까 한다. 그래서 오히려 진지한 청소년 독자들에게 청소년 소설이란 '번듯번듯한 어른들이 불건전한 척하는 이야기'가 되어 버리는 서글픈 현상이 일어나고 있다. 거의 트랜드가 되고 있는 요즘의 '재미있는' 이야기들은 과거의 고리타분함에서 벗어나려는 과도기적인 몸짓으로 보인다. 그러나 청소년 문학에 강한 조명이 쏟아지고 있는 지금, 여기서 한 걸음 더 나아가 재미로 얼버무리지 않고 계몽주의적 태도를 경계하면서도 청소년이라는 존재의 특수성에 주목하는 성숙한 작품들이 많이 나와 주어야 할 때다.

괜찮은 사람 바이러스

신문에서 어떤 할머니가 쓴 칼럼을 읽은 적이 있다. 도서관에 대한 이야기라서 관심이 가기도 했지만 전문직 여성이 아닌 '할머니'가 쓴 글이 신문에 실렸다는 것도 신선했다. 그 할머니 이야기는 이랬다.육십이 넘어서 이사를 했단다. 이십 분 정도 걸어가면 도서관이 있는 곳으로. 젊었을 때는 책을 읽을 시간이 별로 없었는데 혼자가 되고 시간이 많아지면서 책과 벗하면서 살게 되었단다. 걸어서 도서관을 오가는 일은 자연스럽게 운동이 되었고, 이 책 저 책 읽으면서 하루를 보내는 일이 너무 평화롭고 행복해서 이웃들에게 자랑도 많이 하고 권유도 많이 했다고 한다. 그 할머니의 말을 듣는 사람들은 하나같이 진심으로 부러워했지만 할머니를 따라 하는 사람은 하나도 없었다고 한다. 속상하게도 이게 현실이다.

서울 시내의 어떤 도서관에 강연을 하러 간 적이 있다. 놀랍게도 그 구에는 도서관이 두 개나 있었다. 아담하고 차분한 어린이 도서관, 그 곁에는 놀이터도 있고 나무도 많았다. 주변은 온통 아파트여서 그 지역 아이들은 얼마든지 혼자서, 걸어서 도서관에 드나들 수 있을 것 같았다. 흐뭇했다. 내가 아이들을 키울 때 그처럼 아쉬워하고 바랐던 일이 이제야 조금씩 이루어지나 보다, 하는 생각이 들면서. 그러나 그곳 사람들 이야기를 들어 보니, 내 짐작은 거의 '낭만'이었다. 그 동네는 학부모들의 교육열이 몹시 높은 곳이라서 아이들은 도서관에 갈 시간이 없다고 했다. 학원, 학원, 학원!

전 국민을 책으로 부추기던 시절이 있었다. 인기 연예인들이 나와서 나같은 사람은 정신이 하나도 없을 정도로 시끄럽게 떠들고 몇몇 전문가들뿐만 아니라, 화려하기 짝이 없는 장치들까지 동원해서 국가적으로 책을, 사실은 텔레비전을 권하던 프로그램이 있었다. 덕분에 몇몇 책들은 유례없는 베스트셀러가 되었고 몇몇 작가들은 아주 부자가 되었다. 물론 부작용도 만만치 않았다. 결국 이러저러한 이유로 그 프로그램은 막을 내렸고 그 이후, 책 대신 운동 권하는 프로그램의 영향으로 온 국민이 다시 운동 열풍에 사로잡히는 것을 역시 텔레비전을 통해서 본 일이 있다. 기적처럼 도서관이 생기는 것이 무에 나쁜 일이랴마는 나는 씁쓸하기만 했다. 엄청나게 화려하고 신기한 그 도서관들의 문턱이 높을 리가 없는데도 어쩐지 위화감이 느껴졌다. 과연 그 도서관들이 주변 사람들을 책 읽는 사람으로 만들어 줄까 의문스러웠던 것이다. 하나의 '기적'을 일으킬 그 예산이면 열 개 스무 개의 평범한 도서관을 만들 수 있을 것이다, 아니 어쩌면 그보다 열 배는 많은 학교 도서관을 살릴 수 있을 것이다. 그러나 텔레비전은 힘이 세고 도서관은 정치적 관심사가 아니다. 이렇게, 현실은 냉정하다.

이제는 거실을 서재로 만들자는 움직임이 또다시 '범국민적' 이다. 책을 읽자는 '운동' 인데 거실뿐 아니라 온 집 안이 서재처럼 되어 있는 우리 집 때문일까, 사람들이 속속 책과 서재를 선물 받고 그 영향이 일파만파로 번져가는 것을 보는 마음이 편하지만은 않다. 오죽하면 거실에서 텔레비전을 없애자고 다들 입을 모을까. 텔레비전을 거의 보지 않는 나는, 내가 작업하는데 방해가 되지 않는 한, 텔레비전은 집에 꼭 있어야 한다는 생각을 하고 있는 참이다. 나는 왜 이렇게 매사 거꾸로 가는지 모르겠으나 아이들이 다 크고, 부부가 다 머리를 너무 많이 써야 하는 우리 집 환경으로는 가끔씩 '바보처럼' 텔레비전 앞에 앉아 있을 수 있다는 건 다행에 속한다고 생각하게 된 것이다. 아파트가 중산층의 새로운 주거형태로 자리 잡아 갈 무렵부터 가정이라는 공간은 거의 똑같아졌다. 현관문을 열고 들어서면 가장 먼저 만

나는 것이 거실이고, 그 거실의 가장 좋은 자리를 차지하고 있는 것은 텔레비전, 그리고 가족들은 모이면 모두 텔레비전을 향하고 앉아서 웃고, 먹고, 잡담을 한다. 이제 이 모양이 바뀌는 것일까. 거실에 들어서면 어느 집이나 벽면을 가득 메운 책꽂이가 눈에 들어오고 식구들은 따로 또 같이 책 읽는 모습을 보이게 되는 걸까? 그런데 이 와중에서 바빠진 것은 이상하게도 출판사나 서점이 아니라 인테리어 업자들인 것으로 보인다. 현실은 더러 이렇게 어이없기도 하다.

독서인증 제도와 아침독서 운동이 문제로 떠오르고 있지만 독서 이력철, 독서 능력 검정시험은 끝내 시행되는 모양이다. 답답하다. 독서에 관한 모든 일들은 왜 이렇게 '운동' 아니면 '시험'으로 이어지는지! 아무래도 어른들은 책을 '문화'나 '환경'으로 포장한 교육 도구 혹은 상품으로만 인식하는 게 틀림없다. 학교에서 가르치는 모든 과목 교과과정이 세부 사항에서 자연스럽게 책 읽기와 연결되고 학교 도서관이 살아나면 아이들은 당연히 책을 읽을 것이고 '학생 시대'를 거친 어른들은 책 읽는 사람으로 자라날 확률이 많은데도 불구하고 급하게 '정책'을 만들고 시행하는 사람들이 자꾸만 본질에서 벗어나는 걸 보면서 독서 교육은 아이들보다 어른들에게 더 필요하다는 생각을 하지 않을 수 없다. 책이 자주 화두가 되면서 전보다는 책 읽는 학부모나 교사들이 늘어나고 있지만 이들은 매양 어린이 책만 읽는다. 자식들에게, 학생들에게 좋은 책을 읽히고 싶은 열망과 더불어 아이들 책을 읽으면서 스스로 변화하는 자신을 느끼는 까닭일 터이다. 그러나 진정으로 아이들을 잘 교육하고 싶다면 자기 자신을 교육시키는 일이 더 우선이다. 어쩌면 아이들이 아니라 자기가 읽고 싶은 책을 찾아 나가느라 골몰해 있는 모습, 끊임없이 정보 권하는 사회 속에서 잠시 넋을 놓고 자기만의 세계에 빠져드는 모습을 보이는 학부모와 교사들로 둘러싸인 아이들이, 오히려 좋은 책을 잘 알아서 권해 주는 어른들과 함께 하는 아이들보다 더 잘 자라는 것이다.

책 읽는 사람들은 확실히 그렇지 않은 사람들에 비해서 괜찮은 사람들이다. 당장 주변을 한번 둘러보라, 책 읽는 사람들이 공통적으로 풍기는 매력이 있다. 그들은 대개 생각이 깊고 담박에 눈에 띄지는 않을 수도 있지만 어쩐지 사귀고 싶은 사람들이다. 그들이 공통적으로 보유하고 있는 바이러스에 이름을 붙이는 것은 쉽지 않지만 바이러스의 속성이라는 것이 그렇듯이 괜찮은 사람 바이러스도 확실히 전염성이 있다. 학부모든 교사든 사서든 아이들에게 좋은 책을 골라 주기 위해서 동분서주하기보다는 먼저 책 읽기의 매력을 아는 것이 중요하다. 빨리빨리 도서관을 지어야 하고 독서 교육정책에 발맞추어야 하고 도서관 운영에 골머리를 앓는 그들의 상황을 모르지 않으면서 너무 한가한 소리를 한다는 생각이 들기는 한다. 그래도 확실히 그렇다. 괜찮은 사람들은 어떻게 해도 담박에 만들어지지 않으니까. 그리고 괜찮은 사람 바이러스는 확실히 존재하니까. 그래서 나는 오늘도 괜찮은 책들로 채워진 괜찮은 도서관에서 괜찮은 사람들이 책을 읽으면서 바이러스를 유포하는 꿈을 꾼다.

노란 풍선 이야기

『절대 보지 마세요! 절대 듣지 마세요!』(변선진 지음, 바람의아이들, 2011)의 작가와 인연을 만들어 준 또 다른 작가에게서 사흘 동안 세 통의 편지를 받았다. 물론 이메일이다. 그러나 이 사람에게서 오는 것은 무슨 내용이든 항상 '편지'라고 느껴진다. 자주 연락을 하는 사람이 아니다. 그런데 각각 '선생님, 눈이 오네요', '선생님, 눈 맞은 꽃이 끝내 시들었어요', '선진이는요……'라는 고운 제목을 달고 있는 이 세 통의 편지가 전해 준 엄청난 소식, 충격 그리고 겹겹으로 흩어지는 일상…… 소화가 안된다.

"눈이 오네요.
눈이 오고 있어요. 온 마을과 산이 하얗게 바뀌었어요.
진달래가 붉은 꽃을 활짝 피워 내고 앵두나무는 흰 꽃을 피워 냈는데 그 위로 흰 눈이 내리고 있어요.
얼마 전에는 설레는 맘으로 밭에 거름을 뿌리고 흙을 뒤집어 주었어요.
세월이 우울하고 주변에 아픈 사람이 있어도 봄이 온다고 생각하니까 가슴이 쿵쾅댔거든요.
고운 흙에 감자를 심고 상추 씨를 뿌렸어요.
그런데…… 그 녀석들 땅속에서 얼 것 같아요. 걱정이 되서 남편한테 전화해 봤어요.
그랬더니 남편이 이렇게 말해요. 괜찮아. 이 정도 추위에 얼지 않아.
……

눈 맞은 꽃이 끝내 시들었어요.

선생님께 메일을 드린 뒤에 이상하게 마음이 조마조마했어요. 선진이라는 학생이 어제 세상과의 인연을 놓았어요…… 연락을 못 했어요…… 꿈 같아서 아무 느낌도 들지 않더니 이제야 눈물이 흐르네요…….

선진이는요,

원피스를 즐겨 입는 예쁘고 키 큰 아가씨였어요.

언제나 쾌활하게 웃고 인사도 잘했지요.

그림책을 만들 때는 밤새워서 열정적으로 작업을 했어요.

어머니는 학교에서 영양사 선생님으로 계세요.

부모님 모두 교양있고 점잖으신 분들인데 집안이 갑자기 기울었는지 많이 힘들어 보였어요.

선진이네 집은 선진이 웃음으로 굴러가는 것 같았어요.

선생님이나 어머니는 선진이를 가장 모범적이고 긍정적인 마인드를 가진 아이로 생각하고 있었어요. 저는 선진이가 아무리 쾌활해도 진짜로 보이지 않았어요.
왜 진실을 드러내지 않지? 왜 자기가 아프다고 하지 않지?
저는 차라리 선진이가 아프다고 울었으면 좋겠다고 생각했어요.
자기를 있는 그대로 드러내지 않는 선진이가 그림책에서는 자기를 드러냈어요.
선진이는 한 번도 아픈 적이 없었대요. 넘어지면 멍드는 정도였대요. 재생 불가능성 빈혈이라는 판정을 받았는데 어머니도 선진이도 치료하면 나을 수 있다고 확신했어요. 앞으로 어머니가 어떻게 살지 저는 그게 걱정이에요.

선생님한테 털어놓기를 잘했어요. 선진이에 대해서 누군가와는 이야기를 나누어야겠는데 이야기를 나눌 사람이 없었어요……"

선진이의 졸업논문을 바람의 아이들이 책으로 만들어 준 것은 열두 번 잘한 일이다. 나는 선진이를 만난 적이 없다. 선진이와 나 사이에는 두 사람이 있다. 더듬이와 이랑. 간디학교에 있는 이랑의 주선으로 더듬이가 간디학교에서 작가가 되고 싶다는 아이들을 위한 수업을 한 적이 있다. 그렇게 해서 더듬이는 선진이와 멘토-멘티 같은 관계를 맺었던 것일까, 어느 날 더듬이는 선진이가 졸업 작품으로 만든 그림책을 내게 불쑥 내밀었다. 솔직히 나는 놀랐다. 글과 그림을 함께 작업하는 그림책 작가가 매우 드문 우리나라 어린이문학 실정에 겨우 고등학교를 졸업하는 이 아이에게서 커다란 가능성을 본 것이다. 하고자 하는 말이 뚜렷하고 그림책의 문법도 정확하게 이해하고 있었으며 그림은 서투르지만 투박한 맛이 살아 있고, 심각한 내용임에도 불구하고 글이 간결하고 통통 튀어서 아이들도 재미있게 읽을 만했다. 나와 함께 기분이 좋아진 더듬이는 그 자리에서 선진이랑 통화를 했다.

머리가 아파서 병원에 왔다면서 전화를 받은 선진이는 뛸 듯이 기뻐했다고 했다. 선진이가 병원에서 나오면 원화를 들고 출판사로 찾아오기로 했다. 그런데, 선진이는 퇴원하지 못했다. 그리고 나는 이제 영영 선진이를 볼 수 없게 되었다. 사람과 사람은 어떻게 인연이 닿는 걸까? 한번도 본 적이 없는 이 아이…….

• •

선진이 어머니와 통화를 한 적이 있다. 광화문의 스타벅스, 번잡한 곳이었다. 몹시도 피로했던 그날, 정신을 차리려고 에스프레소 한 잔을 시켜 놓고 소파에 깊숙이 몸을 기대고 있던 차에 받은 전화였다. 주변의 소음을 피해서 밖으로 나갔던 나는 한참 전화기를 붙들고 있어야 했다. 선진이 어머니는 조심조심, 자기가 누구인지를 밝히고, 선진이 그림 원고 이야기를 꺼내셨다. 다 키운 딸을 잃은 어머니에게 도대체 어떤 말이 위로가 될 것인가! 나는 어떤 인사말도 할 수 없었다. 선진이 어머니는 바람의 아이들이 뭔지도 모르셨고, 그냥 아픈 선진이가 너무너무 행복해했던 기억을 잊지 못하셨고 선진이 작품을 좋아해 준 사람이라는 이유로 내게 전화를 걸어 오신 것이다. 선진이가 쓴 글이 『민들레』에 실렸다고, 봐 달라고. 그 이야기들을 듣고만 있는데 눈물을 주체할 수가 없었다. 그러나 선진이 어머니에게 그런 모습을 보이는 것은 정말이지 예의가 아닐 것 같았다. 애써 참고 있는데 아무래도 울먹이는 소리가 나고 말았다. 한순간이었다. 차분하고 조용하게 말씀하시던 선진이 어머니는 갑자기 엉엉 소리를 내면서 울음을 터뜨리시는 거였다. 나도 그랬다. 가슴속에 눌러 둔 울음은 늘 터질 기회를 필요로 하는 모양이다. 광화문 한복판의 커다란 빌딩 로비에서 나는 전화기를 붙들고 생면부지의 어떤 '어머니'와 함께 그렇게 울었다. 그날로 근처에 있는 서점에 가서 선진이가 제 언니를 인터뷰한 기사가 실린 잡지, 『민들레』를 사서 읽었다. 선진이는 참 똘망하고, 명랑하고, 주변을 행복하게 하는 아이 같아 보였다. 원고 말미에 '고인'이라는 표현은 정말 안 어울렸다. 선진이 어머니는 내가 그 글을 읽기를 바라셨고, 간디학교에 수목장을 했다는 선진이를 보러 오기를 원하셨고, 나도 그러고 싶었다. 한참 만에야 이리저리 복잡한 일정을 정리하고 금산에 내려갈 날짜를 잡았고, 고속버스 시간표를 알아 두고 떠나기 하루 전날 밤이었다. 세수를 하러 욕실에 들어갔는데 머리끝이 쭈뼛했다. 뭐라고 표현할 수 없는 느낌이었다. 내 뒤 꼭지에 노란 풍선들이 둥둥 떠 있는 것 같고 그 풍선들이 장난을 치며 까르륵거리는 것 같은 느낌에 뒤를 돌아볼 수가 없었다. 그건 분명, 명랑한 무엇이었지만 이승과 저승을 가르는 경계가 나와 그 풍선들 사이에 엄연하게 존재한다는 느낌이 들었다. 뭔가 헛것이 보이는 것 같았고 나는 몹시 흔들렸다.

십수 년 전, 이런 일이 있었던 때가 생생하게 떠올랐다. 손아래 동서를 여의고 헛것을 보고 끙끙 앓았던 기억. 내가 한 번도 본 일이 없는 아이 선진이가 나를 그렇게 만들 수는 없는 일인데…… 내가 선진이 졸업 작품을 책으로 만들어야겠다고 결심한 것은 어쩌면 선진이가 내내 나를 조르고 있기 때문인지도 모르겠다. 어리광을 부리는 건지, 떼를 쓰는 건지 모르겠지만 사랑스러운 아이에게 넘어가듯이 나는 선진이 그림책에 넘어갔다. 5월, 가정의 달에 맞춰서 선진이가 하고 싶었던 말을 세상에 풀어 놓아준다. 이제 선진이는 단 한 권의 작품을 남기고 떠난 대한민국 최연소 그림책 작가가 되는 것이다. 선진이가 몹시 기뻐할 것이라는 확신이 든다. 책이 나오면 선진이가 묻힌 자리에 가 봐야겠다.

• • •

부모들에게 어느 자식이 제일 예쁘냐고 말을 하면 흔히들 열 손가락 깨물어 아프지 않은 게 있느냐고 한다. 참 현명한 말이다. 옛사람들은 어찌 이렇게 적절한 말들을 했을까. 편집자들도 대체로 이렇게 말한다. 자신이 만든 책 중에 어떤 책이 가장 좋으냐는 질문을 받았을 때. 우리나라만 그런 건 아닌가 보다, 프랑스 어떤 편집자도 내게 그런 대답을 했었다. 열 손가락이 아니라 다섯 손가락이라고 했던가…… 그가 만든 수많은 책을 다 검토할 생각이 없던 내게는 전혀 도움이 안 되는 말이었지만 아직 편집자가 아니던 그 시절의 나는 그렇게 말하는 그의 태도가 약간 무성의하게 보였었다. 이제는 그런 대답을 온전히 이해할 수 있다.

그건 그렇지만, 지금 만드는 책은 좀 다른 느낌이다. 변선진 글, 그림의 『절대 보지 마세요! 절대 듣지 마세요!』를 만들고 있다. 작가를 만날 수 없는지라 어떤 이야기도 들을 수 없는데 작가가 남긴 글이 있다. 고등학교 졸업논문으로 그림책을 만들고 그 그림책에 붙이는 설명글과, 작업일지가 남아있다. 시간이 많이 지나고, 책을 만들면서 보니 선진이의 내면이 잘 보이는데 내 아들보다 어리지만 어린아이라고 느껴지지도 않고, 익숙하고도 신선한 감동이 있다. 가령, 2009년 5월 20일에 이런 부분이 있다.

"열정과 욕심을 헷갈리지 말자. 욕심이 바라보는 것은 대가지만, 열정이 바라보는 것은 결코 대가가 아니야.
지금 내가 하고자 하는 것들이 욕심이라 느껴진다면 과감히 버려.
하지만 그것이 열정이라면 멈추지 마."

이 부분을 읽으면서 나는 많은 것들이 정리되는 기분이었다. 욕심과 열정을 구별하다니…… 이 어린 작가는 어떻게 이렇게 눈이 밝은 걸까. 신인을 찾아내려는 바람의 아이들과 변선진은 제대로 만나는 것 같다. 단 한차례로 끝나고 마는 이 만남이 영원하도록 우리는 최선을 다하고 있다. 4월이 다 가고 있는데, 도대체 왜 이렇게 계속 추운 것일까!

••••

금산 간디학교 교정에 수목장을 한 선진이를 보러 갔다 왔다. 선진이 어머니와 약속을 하고 그 약속을 지키지 못한 게 내내 마음에 걸렸더랬다. 책으로 만들고 나니 '노란 풍선'들은 더 이상 나를 따라다니지 않았다. 아무도 찬성하지 않는 책을 만들고 나서 직원들에게도 미안해진 나는 직접 홍보에 나섰다. 기자들에게 책을 소개하기 위해서 내가 직접 메일을 써 본 것은 난생 처음이었다. 반응은 뜨거웠다. 네이버와 다음의 메인화면에 『절대 보지 마세요! 절대 듣지 마세요!』가 소개되었다. 이게 무슨 일인가 바람의 아이들 모두가 얼떨떨했다. 작가의 사진이 있느냐는 기자의 물음에 나는 새삼, 논문에 있는 변선진의 얼굴을 들여다보았다. 낯설었다. 이렇게 무감해질 때까지 기다렸던 걸까? 해가 쨍쨍 내리쬐는 금산의 간디학교가 있는 숲 속 마을, 귀농한 작가가 텃밭에서 뜯어 온 향기롭고 연한 푸성귀로 밥상을 차려 주었다. 선진이 나무를 보고, 선진이 어머니가 운영하시는 귀농센터 카페에 가 보고 선진이가 남긴 그림들을 보았다. 그림을 배운 적이 없다는 아이가 고흐의 그림도 앤서니 브라운의 그림도 완벽하게 모사를 해 놓았다. 그뿐 아니다. 이런저런 메시지들이 읽히는, 그림쟁이들에게서는 보기 어려운 서투른 그림들도 많았다. 수년 간 써 온 공책에 빼곡하니 적혀 있는 메모들에는 평범한 여자아이의 일상이 드러나 있었다. 그 공책들을 다 모아 놓은 그 어머니의 정성도 지극하지만, 그렇게 많은 글과 그림을 시킨다고 어떤 아이가 그렇게 할까, 싶었다. 저걸 다 연습량으로 치면 엄청난 훈련이 될 터였다. 선진이가 간디학교를 졸업하고, 한예종에 진학을 하고 싶어했다고 한다. 그랬다면 어땠을까? 모르겠다. 모를 일이다.

시간은 멍청하게 멎어 버렸고, 온다던 비는 안 오고 따가운 햇살만 내리쬐고 있었다. 간디학교를 둘러보고 맑은 기운이 역력한 선생님들과 대화를 나눴다. 이 학교 아이들은 졸업하면서 '작품'을 하나씩 한다고 했다. 선진이가 속했던 6기 아이들이 정자를 만들었단다. 서울에서 태어나 서울에서 자라고, 손으로 무엇 하나 제대로 만들어 본 적이 없는 나는 신기하기만 했다. 오십이 넘은 이 나이에 어린아이처럼 "어떻게요?"라는 말이 저절로 입에서 나왔다. 구덩이를 파고, 콘크리트를 이개고, 기초공사를 하고…… 그렇게, 그렇게 만들었단다. 이 정자에 아이 하나가 앉아서 한낮의 햇살을 견디며 기타를 치고 있는 모습을 보았다. 모두가 무심한 얼굴을 했고 시간은 아주 느리게 흘렀다. 그리고 아무도 울지 않았다. 이제는 만날 수 없는 딸의 사진을 신문에서 인터넷에서 보게 되는 어머니의 심정은 어떨까. 죽어서라도 마침내 '작가'가 된 딸의 성공이 기쁘지 않을 리 있으랴마는 몇 배의 헛헛함이 한꺼번에 몰려들지 않을런지 매사 조심스러웠다.

그곳에 다녀온 지 채 24시간이 지나지 않았다. 흐릿한 회색의 도시,

유리창이 반투명이라 바깥이 전혀 안 보이는 꽉 닫힌 사무실에서 이 글을 쓰고 있다. 적막하다.

책으로 만나는 세상, 나를 깨우는 바람

책을 중심에 놓고 보면 인간은 세 가지로 분류된다. 독자, 저자 그리고 편집자. 가장 오랫동안 독자였고 그다음으로 오랫동안 저자였던 내가 막 편집자가 되었을 때의 일이다. 책이라는, 어쩌면 내게 가장 친숙한 물건이 오묘한 느낌으로 다가왔다. 책이 '물건'이라는 느낌이 든 건 그때가 처음이었다. 비유가 적절한지 모르겠지만 그 '물건'을 찬찬히 만드는 일이 내게는 가죽으로 가방이나 구두를 만드는 작업처럼 재미있다고 느껴졌다. 명품도 많고 공장에서 세련되게 만들어서 백화점에 진열해 놓는 물건들도 즐비하지만, 그런 물건이 아니라 사람들이 다니는 길거리 어디에 차려진 조그만 공방, 문 열고 들어서면 바깥의 소음과 화려함은 딴 세상 일인 듯 은은하게 번져 나는 적막과 집중의 냄새, 그런 공간에서 한 땀 한 땀 손으로 기워서 만든, 투박하지만 멋진 물건. 내가 만든 책이 적어도 내게는 그런 느낌이었다. 그 냄새에 취해 있는데 사람들이 물었다. 저자에서 편집자가 된 느낌이 어떠냐고. 지금 생각하니 의미심장한 질문이었을 수 있겠다. 그런데 나는 아무 생각 없이 단순하디 단순한 대답을 했다. "재미있어요!" 이렇게. 돌아보니 실소가 나오긴 하지만 참 잘 대답한 거 같다.

책을 만들기 위해서 가장 먼저 해야 하는 일은 출판사를 등록하기 위해 이름을 짓는 일이었다. 그때 느낀 점을 딱 두 마디로 요약하자면 출판사 만드는 일이 그렇게 쉬운 줄 몰랐었고 동시에 출판사 이름 짓는게 그렇게 어려운 줄 몰랐다는 것이다. 출판사를 만드는데 필요한 돈은 구청에 가서 등록할 때 드는 1만 7천 원(정확하지 않으나 대략 이런 수준이었다) 정도였다. 그러니 누구라도 마음만 먹으면 출판사를 '등록' 할 수가 있는 것이다. 그런데 그게 바로 출판사 이름 짓기가 어려운 이유이기도 했다. 웬만한 이름은 이미 다 등록이 되어 있으니까. 그러니 아무도 한 번도 생각한 적이 없는 이름을 지어 내야 했는데 이 좁은 땅덩어리에 2만여 개의 출판사가 있다고 하니 그 이름들을 모두 비껴가기가 결코 쉬운 일은 아니었다. 겨우 생각해 낸 게 '바람개비' 였다. 일단 등록이 가능하다는 데에 만족했고, 내가 좋아하는 '바람' 의 이미지도 있고 귀엽게 돌아가는 느낌이 어린이를 연상시키는 것도 좋아서 어린이 책 출판사 이름으로 딱이라고 생각하며 만족하고 있었다. 그런데 내가 첫 책을 펴내기도 전에, 바람개비라는 이름으로 책이 나왔다는 소식을 들었다. 깜짝 놀라서 확인해 보니 과연 그랬다. 뭔가 이상하고 억울했다. '등록' 을 했는데, 내가 적법한 게 아닐까 하는 생각으로 무슨 게임북 비슷한 책을 낸 그 출판사에 전화를 걸었다.

정황을 설명했더니 듣는 사람은 별로 놀라지도 않았다. 특허까지 받아

놓았다는 것이다. 대기업의 자회사인 모양이었다. 방법이 없었다. 다시 등록을 해야 했다. 그런데 도무지 이름이 생각나지 않았다. 고심에 고심을 거듭해서, 불어로 이름을 생각해 내서 우리말로 바꾸었다. 그러고 나니 '바람의 아이들' 이 되었다. 너무 길었고 부르기 쉽지도 않았다. 그래도 일단 '특허' 신청을 했다. 빠듯한 살림에 정말 불필요한 지출이었지만 어떤 대기업에서 또 무슨 일을 벌일지 몰라서 불안했다. 특허니 등록이니 하는 사건은 나랑은 영 인연이 없는 걸까. 한참 후에 받은 한통의 서신에는 '바람의 아이들' 과 아주 비슷한 '바람의 아들' 이라는 상호가 이미 존재하므로 특허를 내줄 수 없다는 내용이 적혀있었다. 그래서 대책없이 그냥 밀고 나간 이름, '바람의 아이들' . 지금은 이름 멋지다는 사람이 많다. 강력하다, 포스가 느껴진다, 멋있다, 느낌이 온다 등등…… 예의상이겠지만 칭찬을 해 주는 사람이 많다. 그런데 당시는 결정을 하기 전에 모니터링 차원에서 물어봐도, 짓고 나서 어떠냐고 물어봐도, 다들 고개를 갸우뚱하기만 했다. 주변의 모든 사람들에게 물었지만 이름 괜찮다는 사람은 딱 두 사람뿐이었다. 그래서 더 그랬는지, 그 울림이 마음에 드는데도 불구하고 나는 '바람의 아이들'을 입에 올리지 못했다. 어쩐지 그랬다. 나중에 직원이 생기고, 전화가 오면, 그녀가 냉큼 "네, 바람의 아이들입니다"라고 아무렇지도 않게, 아니 너무나도 상냥하게 대답하는 것이 계면쩍고, 고맙고, 민망하고 하여간 오묘한 느낌이었다.

이름들은 계속 필요했다. 몇 개의 컬렉션 속에 이미 기획해 둔 책들을 정리해 넣어야 했다. 알맹이 그림책, 돌개바람, 높새바람, 반올림은 비교적 단번에 생각해 내었다. 이왕이면 '바람'으로 통일하고 싶었지만 그림책과 청소년 책은 '알맹이'와 '반올림'이 마음에서 떠나지 않아서 통일성을 무시하고 채택한 이름이다. 그 무렵, 양적으로 팽창하던 그림책들에 알맹이가 빠졌다는 주관적인 인식 때문이었고, 반 내리면 아이가 되고 반 올리면 어른이 되는 어정쩡한 청소년이라는 존재의 본질에 내 관심이 닿아 있던 탓이었다. 그래도 '반올림'에 대해서는 약간 망설였는데 그 당시 방영되던 같은 제목의 청소년 드라마가 있었기 때문이었다. 어쩔까 싶었지만 드라마 〈반올림〉은 곧 끝날 것이고 바람의 아이들 컬렉션 반올림은 영원할 거라는 계산으로 밀고 나갔다. 얼마 지나지 않아서 내 계산은 맞아 들어가기 시작했다. 돌개와 높새라는 바람 이름에는 별다른 의미가 없다. 다만, 보다 부산하고 움직임이 많은 저학년 아이들의 이미지가 '돌개' 라는 낱말에 어울린다고 느꼈고 높새바람과 돌개바람이 헷갈리는 사람들은 높은 학년의 '높' 자를 높새바람의 '높' 자에서 연상하기를 바라는, 말도 안 되는 희망을 가졌었다. 그때 내가 혼자 일했기에 망정이지 여러 사람이 의논을 하는 구조였다면 소심한 나는 누군가의 비웃음을 사고 의기소침해졌을지도 모른다. 아, 바람의 아이들에는 컬렉션이 하나 더 있다. '바깥바람', 이건 정말 고민을 많이 해서 지은 이름이다. 작은 출판사에 컬렉션 네 개도 이미 충분히 많은데 하나를 더해야 한다는 게 몹시 부담스러웠고, 동시에 이 다섯 개 컬렉션에 들어가지 않는 특이한 책을 언젠가 내고 싶어지면 어쩌나, 걱정이 되었다. 그래서 '바깥' 바람이라는 이름을 붙인 거다. 이미 존재하는 네 개의 컬렉션 바깥의 것은 모두 다 수용한다는 뜻으로. 디자인도 신경을 많이 썼다. 컬렉션별로 표지 디자인을 쉽게 인식할 수 있도록 장치를 만들었다. 책 디자인이나 로고는 그 자체로 홍보 효과가 있고, 광고에도 많이 노출되기 때문이다. 광고를 어떻게 해야 하는지 잘 모르기는 하지만 기존의 광고들이 모두 마음에 안 드는 바람의 아이들은 항상 새로운 시도를 한다. 그 결과 늘 삐뚤빼뚤하다. 언젠가 바람의 아이들 광고가 쌈박해질 날이 있을런지 나도 짐작하기 어렵다.

그렇게 책을 만들기 시작했다. 지도를 못 읽고 숫자에는 거의 개념이 없는 내가 책 만드는 데 집중하는 일은 비교적 쉬웠다. 걱정은 거의 남들 몫이었고 나는 꼭 필요하고도 새로운 일을 해야만 한다는 사명감에 불탔고, 어디선가 꿈틀대는 게 느껴지는 새 기운을 어떻게 눈에 보이게 만들 것인가에만 골몰했다. 그렇게 신인을 개발하겠다고 나서고, 청소년 소설이 꼭 필요하다고 역설했을 때 누구도 내 말을 진지하게 들어 주는 것 같지 않았다. 이유는 단 한 가지. 그런 생각으로는 출판을 할 수가 없다는 것이었다. 그런 말들에 내가 그다지 마음을 두지 않을 수 있었던 것은 할 수 있다는 자신감보다는 왜 안 되는지를 가늠하지 못했기 때문이었던 거 같다. 과연 책을 만들고 나니 어렵긴 어려웠다. 디자인, 제작까지도 다 마음에 들도록 만들어 손에 들고 있는 책을 어떻게 해 볼 수가 없었다. 이미 넘쳐나는 출판사들 때문에 골치가 아픈 서점들은 그 이름도 이상한 '바람의 아이들'과 거래를 할 생각이 없었기 때문이다. 그 와중에 첫 책인 『64의 비밀』이 몇몇 일간지에 메인으로 소개가 되었고 우리는 이런 전화를 받아야만 했다. "그런데 그 책은 어디에 가야 살 수 있는 건가요!" 일이 이렇게 되자 문턱 높은 대형 서점들이 우리 책을 주문하기 시작했다. 새내기 출판사에서 이름도 한 번 들어 본 적이 없는 작가들이 책을 내는데, 독자들의 호응도 좋고 꾸준히 좋은 책으로 선정되자 "아직도 안 망했냐"고 애정 어린 관심을 보여 주던 사람들이 "잘 되지? 잘 된다더라, 잘 되서 다행이다" 하고 말을 바꾸기 시작했다. 그런 인사들을 들으면서 '한국 어린이 · 청소년 문학의 새 물꼬를 터나갈 신인들을 꾸준히 발굴하고 육성한다'는 결의에 찼던 각오를 돌아보니 내가 참 황당한 일을 벌인 것 같기는 하다. 불과 7년 전 일이지만, 다방면에서 무서운 속도로 모든 게 변하는 한국 사회의 어린이문학 동네도 그동안 참 많이 변했다. 그때는 신인 개발 같은 위험부담이 있는 일을 하는 출판사가 없었지만 지금은 안 하는 출판사가 없다. 청소년 책은 대학입시 때문에 인문서가 아니면 안 된다는 게 당시 통념이었지만 지금은 청소년 소설에 대한 열기가 뜨겁다. 거액의 상금을 내걸고 원고를 찾는 출판사들의 목적은 하나같이 신인 발굴이다.

한동안 참 난감하고 허탈했다. 이런 상황은 '책으로 만나는 세상, 나를 깨우는 바람' 과도 같은 책을 한 권 한 권 만들어 나가려는 바람의 아이들에 결코 유리하지 않았다. 아직도 새내기 출판사인 바람의 아이들이 그렇다고 책 만드는 일을 중단할 수는 없었다. 할 수 없이 국내 작가 작품의 비율이 외국 작품 비율보다 많게 하겠다는 결심을 일시적으로 깨뜨렸다. 그런데 신기한 것은, 외국 작가들도 신인이거나 아니면 우리나라에는 처음으로 소개가 되는 작가들이 우리와 인연이 닿았다. 그 이름만으로도 경쟁력이 있는 작가들의 책은 바람의 아이들에게는 검토할 기회조차 오지 않았지만 그런 현실과는 별개로 나는 익숙한 것들보다는 새로운 것들에 흥미가 당겼다. 그렇게 해서 펴낸 책들이 『닭들이 이상해』, 『파리의 휴가』, 『알래스카를 찾아서』 등의 외서였다. 그리고 수지 모건스턴 같은 작가의 방한에 맞춰서 여러 가지 행사를 기획하며 프랑스의 베스트셀러 작가와 우리나라 작가들과의 진솔한 대화의 기회도 마련하고, 온 · 오프라인을 통한 독자들과의 소통에도 진지한 노력을 기울였다. 답이 안 나오는 문제는 잠시 잊고 그렇게 1, 2년을 보내는 동안 에너지는 재충전이 되고 새로운 믿음과 열정이 찾아와 주었다. 원점을 돌아보고 모든 것에 대한 판단을 상식적으로 하기로 했다. 부대끼던 마음을 그렇게 돌리고 나자 이상하게도 어디선가 좋은 기운들이 전해져 왔다. 마치 산들바람이 불듯이 우연히 그렇게. 괜찮은 원고를 보내오는 작가들 그리고 꾸준히 바람의 아이들을 응원하는 독자들이 내게 자꾸 말을 걸어 주었다. 그리고 나는 그 기운으로 다시 또 신나게 책을 만들고 있다.

가장 최근에 만든 책이 『가족입니까』이다. 네 명의 작가가 각기 다른 목소리로 가족에 대해서 말하고 있는 이 작품은 특이한 방식으로 쓰여진 작품집이다. 네 개의 작품 속에서 인물들은 중첩되고 하나의 모티브가 네 개의 이야기를 관통한다. 서로 전혀 상관이 없는 네 인물이 모여서 한 가족의 구성원을 연기하면서 휴대폰 광고를 찍는다는 설정으로 되어 있는 이 작품은 가족이라는 평범한 테마를 새로운 이야기

방식으로 풀어 나간다. 다소 복잡한 구성의 이 작품을 네 사람의 작가가 함께 쓰는 일은 결코 쉽지 않았다. 황당한 아이디어들을 안주 삼아 웃음꽃을 피우며 즐거워한 순간들도 있었지만 막상 글쓰기에 들어가자 상황이 달라졌다. 서로 최대한 자유롭게 쓰되, 자신이 만든 인물이 다른 작가들의 글 속에서 어떻게 호흡하는지 예민하게 체크해야 했을 뿐만 아니라 서로 모순되거나 어긋나는 부분이 없는지 구석구석 살펴야 했다. 그렇게 완성된 네 편의 이야기는 한 편 한 편이 독립된 이야기이면서도 서로 얽힘으로써 그 이상의 효과를 내는 독특한 작품집으로 탄생했다. 이런 시도는 처음이라서 과연 성공할 수 있을지 예측할 수 없었지만 우리 모두는 기꺼이 위험부담을 나누어서 지기로 하고 시작했다. 그 결과 안 될 듯 안 될 듯한 순간들을 거치면서 15개월 만에 원고가 완성되었다. 그 시간 동안 노심초사하면서 나는 얼마나 여러 번 후회했었는지 모른다. 감당할 수 없을 것만 같고 안 될 것만 같던 순간들이 그만큼 많았었다. 작은 실마리들에 일희일비하면서 한

편 한 편의 원고가 완성되던 순간들의 기쁨도 그만큼 컸다.

『가족입니까』는 바람의 아이들이 4년 전인 2006년부터 새로운 시도로 시작한 '바람 단편집' 여섯 번째 책에 해당한다. 바람 단편집은 잡지가 아닌 단행본으로서는 처음으로 등단의 기회를 제공하는 책이었다. 각종 문학상이나 잡지에서 단편동화로 상을 주기도 하지만 정작 그 작품은 독자들에게 가 닿지 못한다. 정기간행물 형태의 출판물은 시간과 함께 흘러가기 때문이다. 이런 현실에 착안한 첫 번째 바람단편집 『달려라 바퀴』는 원고 공모를 통해서 만들어졌다. 직관적 판단에 의한 방식이었지만 생각보다 호응이 좋았다. 두 번째로 공모를 했을 때는 훨씬 더 많은 원고가 모여서 저학년용 『귀신이 곡할 집』과 고학년용 『공주의 배냇저고리』 두 권의 책으로 엮어야 했을 뿐만 아니라, 한꺼번에 열 편이 넘는 작품을 투고한 작가가 두 사람이나 있어서 정말 깜짝 놀랐다. 들쭉날쭉한 길이의 많은 작품들은 일정 수준의 문학적 성취를 보여 주고 있어서 크게 기뻤던 기억을 잊을 수 없다. 『귀신이 곡할 집』이나 『달려라 바퀴』에 단편을 실었던 몇몇 작가들은 긴장을 늦추지 않고 지속적인 글쓰기를 통해서 모음집이 아닌 자기 혼자만의 책을 출간하게 되었는데 『한눈팔기 대장 지우』, 『꽃밥』, 『알다가도 모를 일』, 『도망자들의 비밀』, 『천만의 말씀, 만만의 콩떡』, 『그 녀석이 수상하다』, 『사람을 만나다』, 『거지 소녀』, 『엘리스 월드』 등이 그 책들이다. 『공주의 배냇저고리』 이후의 바람 단편집은 모두 청소년 소설이다. 『깨지기 쉬운, 깨지지 않을』, 『그 순간, 너는』 그리고 『가족입니까』. 한 권 한 권을 기획할 때마다 무언가 새로운 것을 만들어 내고자, 그리고 창조적인 에너지를 증폭시키고자 애를 썼다. 『깨지기 쉬운, 깨지지 않을』이나 『그 순간, 너는』은 청소년 소설을 한 번도 써 보지 않은 작가들이 청소년 소설을 쓰게 만드는 데에 기여했다. 특히 『그 순간, 너는』은 같은 시간대에 라디오 방송을 듣는 일곱 명의 전혀 상관없는 아이들의 이야기를 보여 주면서 독자들에게 너는 어떻게 살고 있느냐는 물음을 던지는 형식을 취한 책인데, 그 전까지의 책들에 비해서 작업이 까다로웠다. 전체 작품집을 관통하는 라디오 방송을 먼저 만들어 내야 했기 때문이다. 문학작품이라는 것이 본질적으로 독방에서 이루어지는 작업이기 때문에 누군가와 협력해서 쓴다는 것은 여러 가지 차원에서 결코 쉬운 일이 아니다. 그런데 어쩌다 보니 바람 단편집은 날이 갈수록 작업 방식도 책의 구성도 복잡해지고 있다. 라디오 방송 스크립트를 먼저 만들어 놓고 그것을 공유하는 방식을 의논하고 '그 순간'의 시간적 통일성을 면밀하게 체크해야 했던 『그 순간 너는』도 상당히 까다로웠지만 『가족입니까』는 이야기들이 서로 얽혀서 전체가 하나의 이야기가 되는 입체적인 구성이라서 그보다 더 어려운 작업이었다.

이제 와서 되돌아보니 어떻게 해냈을까 신기하기만 하다. 이제야 실토하는 거지만 조마조마하게 지켜보는 나는 항상 안 될 것만 같았다. 글은 작가들이 쓰는 것이라 편집자가 될지 안 될지 짐작할 수 없는 건데도 나는 혼자 속을 끓이며 안 될 것만 같아서 조바심을 내곤 했다. 그러나 작가들은 언제나 해냈다. 포기하겠다던 작가들도 결국에는 해낼 수 있었던 것은 어느 정도는 '공동' 작업의 힘이었다. 안 될 것 같아서 애를 태우다가 글과 글이 서로를 도와서 좋아지고 완성되는 것을 지켜볼 때마다 나는 감탄한다. 그리고 믿음이 생긴다. '바람 단편집'은 이렇게, 만들기가 다른 책들보다 몇 배나 힘이 드는 책이다. 그런데 그래서 그만큼 더 보람되고 가치가 있는 책이다. 그리고 또한 다음번에는 또 어떤 새로운 아이디어로 책을 만들어 볼 것인가 가슴이 뛰게 만드는 책이기도 하다. 오늘도 언뜻언뜻 스치는 생각들과 나는 씨름을 하고 있다. 과연 가능할 것인가, 혹은 의미가 있는 일인가, 필요한 작업인가, 되씹고 곱씹어 보면서. 세상에는 책이 넘쳐 난다. 서점에 나갈 때마다 책 만드는 일이 서글프게 느껴진다. 내가 만드는 책이 과연 있어야 하는 책인가 오늘도 스스로에게 묻는다. 그리고 기대한다. 어디선가 바람이 불어올지 모른다고.

『열린 어린이』 2010년 12월호에 실린 원고.
'책 만드는 이야기'를 써 달라는 청탁에 맞춰서 썼다. 마지막 세 단락은 새로 써서 덧붙였다.

도서관과 교실을 넘나드는 수업을 꿈꾸며

이 글을 쓰려니 작년에 고등학교 후배들이 인터뷰를 하겠다며 찾아왔던 기억이 난다. 내 아이들보다 더 어린 학생들이라 '후배'라는 말이 어색할 것 같은데도 이상스럽게 정겨웠다. 원고 청탁서에 쓰인 '중 · 고등학교 시절의 추억'이라는 낱말에서도 어쩐지 그런 느낌이 든다. 내가 중학교에 들어가기 몇 년 전에 중학교 입시가 없어졌다. 그리고 고등학교에 들어가는 해에는 고등학교 입시도 없어졌다. 말하고 보니 참으로 옛날이다! 그런 시절 학교에 도서관이 있었는지는 기억에 없다. 어쨌거나 나는 중 · 고등학교에 다니면서 도서관에 가 본 일이 없다. 그보다는 초등학교 시절, 교실 뒤에 놓여 있던, 몇 권의 책이 고작이었던 학급문고가 오히려 추억거리다. 요즘에는 권장하지 않는 『보물섬』이며 『소공녀』, 『장발장』, 그런 책들을 쉬는 시간에 읽었다. 읽다가 덮지 못하고 공부 시간에 책상 밑에서 계속 읽던 기억이 난다. 소심하고 용기라고는 없는 아이였던 내게 그것은 대단한 모험이었을 텐데도 그랬던 것을 보면 책이 그만큼 재미있었던 모양이다. 중학교, 고등학교 시절엔 나도 요즘 아이들과 별로 다를 바 없이 입시 공부에 대부분의 시간을 바쳤던 거 같다. 중학교도 고등학교도 똑같이 겨우 2회 졸업생인 신설 학교에 다녔던 내게는 도서관에 갈 수 있는 행운은 없었다. 그러나 사회성이 없는 내가 안도감을 느끼는 유일한 공간이던 책방에는 자주 들락거렸다. 동네 헌책방은 물론이고 지금은 없어진 종로서적까지도 나들이를 하곤 했다. 아버지의 유품으로 남아있던 김동리의 『무녀도』로 시작해서 교과서에 나오던 이광수와 김동인, 염상섭 등의 한국 근대소설은 물론이고 가와바다 야스나리의 『설국』 같은 대중적인 소설과 그 무렵 나오기 시작했던 삼중당 문고의 세계명작(한 권에 300원씩이었는데 이건 당시로서도 무척 싼 가격이었다)이나 법정스님의 『무소유』 혹은 『샘터』 같은 잡지에 이르기까지 이리저리 망설이면서 한 권씩 사서 모았다. 그러면서 지적 허영심을 채웠던 거 같다. 돌아보면 『죄와 벌』, 『폭풍의 언덕』, 『제인 에어』, 『주홍 글씨』, 『적과 흑』 같은 작품들에서 여남은 살 무렵의 내가 과연 무엇을 읽었는지 모르겠다. 금욕주의적 경향이 있던지라 지루한 서술들을 견뎌 내는 것 자체에서 쾌감을 얻었을까. 사실 가장 기억에 남는 작품은 문학작품이 아니라 몽테뉴의 『수상록』이었다는 사실을 최근에야 기억해 내었다. 방과 후 교복 치마를 그대로 입고 블라우스만 갈아입은 채 삼선교의 길모퉁이 책방에서 그 책을 사던 날의 분위기도 유명한 철학자의 책이 그렇게 어려운 게 아니라는 사실에 놀랐던 것도 다 또렷하게 기억난다.

요즘 아이들이라고 다를까. 웬일인지 몇 년 전부터 청소년들에게 가볍게 말을 거는 소설들만이 '청소년 문학'이라는 이름으로 유행하고 있지만 사실 청소년은 본질적으로 흔들리는 존재다. 그래서 너나없이 그 나이 아이들은 알고 싶고, 묻고 싶고, 기대고 싶어 한다. 문학과 철학은 그 물음에 넓이와 깊이를 더해 주는 가장 확실한 조력자 역할을 해 준다. 안타깝게도 우리나라 학교는 언어 영역의 만점자도 전혀 독서 능력이 없을 수 있는 특이한 교육을 하고 있다. 복잡하고 까다로운 수능 언어 영역의 지문을 읽어 내고 문제를 풀어내는 능력을 가진 아이들이 소설 한 권을 읽어 내는 능력이 없는 것을 보고 나는 대단히 놀랐다. 그런데 프랑스 교육은 그 반대다. 소설에 전혀 취미가 없는 이과 취향의 아이가 3년 간의 고등학교 교육을 받는 동안 플로베르나 보부아르의 책을 무리 없이 읽는 것을 보았다. 신기한 나머지 나는 그 아이에게 물어본 적이 있다. 고전이라는 게 원래 지루한데 어떻게 읽어 내느냐고. 그 아이의 대답은 나를 무안하게 하고도 남았다. 『보바리 부인』에 대해서 그 아이는 대략 이런 말을 했다. 그게 어떤 사람의 이야기이고, 그 사람 마음의 움직임을 자세히 들여다보노라면 어떤 때는 자신도 그렇게 느낀 적이 있다는 걸 알게 되더라고. 교사에게 수업 재량권이 있는 만큼, 프랑스 학교의 국어교육은 우리와 달라도 너무 다르다. 수업과 학교 도서관도 연계가 잘 되어 있지만 전국의 공공 도서관과 그에 배치된 사서들, 어린이 · 청소년 책 작가들과 도서관, 학교와 지방자치단체의 체계적인 협력 시스템은 적어도 학교를 다니는 동안 아이들이 책과 함께 생활하는 환경을 만들어 준다. 오래되고 거대한 그들의 교육 시스템과 축적된 문화 환경을 보면 부럽다 못해 어쩐지 우리는 무언가에 영원히 도달하지 못할 것 같은 주눅이 들곤 한다.

그 속에서 여유롭게 노닐면서 일하는 것처럼 보이는 프랑스 사람들을 보다가 우리의 학교 현장에서 거의 투사적인 자세로 일하는 교사들을 보면 문득문득 숙연해지곤 한다. 얼마 전, 학교 도서관 사서 교사들

대상으로 강연을 한 적이 있다. 그날은 날씨가 아주 추운 토요일이었는데 하루 종일 강연이 이어지는 교사 연수에 임하는 교사들의 열기는 무척 뜨거웠다. 아마도 프랑스 사람들이었다면 주말을 그렇게 바치다니, 말도 안 된다고 생각할 것이다. 불의와 무질서 속을 헤쳐 나가면서 무언가를 이루어 내는 것은 어느덧 한국인의 불가사의한 순발력 혹은 에너지로 정의되고 있는 것 같다. 그것이 좋은 것인지 나쁜 것인지에 대한 판단은 차치하고, 나는 이렇게 열심히 학생들을 가르치려는 선생님들 앞에서 매번 숙연함을 느낀다. 체제 속으로 편입되지 않은 어떤 살아 있는 용기는, 바꾸고 또 바꿔도 도무지 대책이 없어 보이는 우리 교육 현실 속에서 작은 불씨처럼 보인다. 용기만으로 할 수 있는 것이 그리 많지 않음을 모르지 않는데도 불구하고 그렇다. 강연을 하고 돌아오면서 그 선생님들에게 해드렸어야 할 말 한마디가 뒤늦게 생각난다. 우리 교육의 희망은 적어도 지금으로서는 교사들에게 있다. 대학교수와 달리 초·중·고등학교 교사들은 날마다 훌륭해질 기회가 있는 멋진 직업이다! 그 분들의 힘으로 도서관과 교실을 넘나드는 수업을 하는 학교가 하나둘 씩 자꾸만 늘어나는 꿈을 꾼다. 오늘도 나는 그런 꿈을 꾸면서 책을 만든다.

『책꽂이』 2013년 16호에 실린 원고.
책이나 도서관과 관련된 중·고등학교 시절에 관한 추억을 써 달라는 청탁에 맞춰서 썼다.

진짜 삶은
언제 시작하는 걸까?

『대학이 이런 거야?』(캐롤린 발두치 지음, 바람의아이들, 2005)는 미국 책이지만 내가 이 책을 처음 만난 것은 프랑스의 대형 서점 Fnac(프낙)에서다. 우리나라로 치면 교보문고처럼 대형 체인점이면서 책 이외에 전자제품 등도 함께 파는 대중적인 곳이다. 그러니까 전문성이 있는 서점이 아니라는 뜻이다. 나는 프랑스에 갈 때마다 서점 나들이에 어린이 · 청소년 전문 서점이나 전문 도서관 외에 평범하디 평범한 이 서점에 꼭 들르는데 이 서점의 서가에는 '판매자가 반한 책' 이라는 하트 표시가 달린 작은 P.O.P가 간간이 놓여 있다. 우리나라 서점의 경쟁적인 광고판들과는 달리 빨간색 하트 표시가 아니면 눈에 잘 띄지 않을 이 안내판들은 주로 스테디셀러에 붙어 있다. 내 눈에 가장 먼저 들어온 것은 『Y a-t-il une vie après le bac?』이라는 제목이었다. 거칠게 옮겨 보자면 '바깔로레아 이후의 인생이 있는가?' 정도가 되는 이 제목에서 내가 읽은 것은 '인생'보다는 '대학 입시'라는 코드였다. 바람의 아이들을 시작하고, 청소년 소설을 준비하면서 숱하게 들은 걱정이 바로 대학 입시였다. 우리나라에서는 대학 입시 때문에 청소년 문학으로는 출판이 성공할 수 없다는 말들로 사람들은 무모하게 출판에 뛰어든 나를 걱정해 주었다. 시장에 대해서는 완전한 무지 상태로 시작한 것은 맞지만 나는 바로 그 대학 입시 때문에 청소년들에게 읽을 만한 문학이 꼭 있어야 한다고 생각하던 터였다. 지금 이 시대를 살아가는 아이들의 현실이 반영된 이야기, 진짜 인생이 언제 시작되는지 모르는 채로 더듬거릴 여유조차 없이 새벽부터 밤까지 학교며 학원이며 독서실에 갇혀 있는 아이들에게 위로와 희망을 줄 이야기책들이 꼭 필요하다고 생각하고 있던 참이었다.

이 제목은 그런 나의 눈길을 강하게 잡아 끌었다.

서점에 선 채로 책을 좀 살펴보았다. 낡아 보이는 모양새하며 직감적으로 아주 잘 나가는 책은 아닐 것 같았는데 이상하게 끌렸다. 게다가 내가 신뢰하는 편집자가 만든 책이었고 1991년에 출판된 책이었다. 미국에서 초판이 나온지 20년 만에 나온 것이고, 내 눈에 띈 것은 그로부터 십여 년이 또 지난 셈이다. 그럼에도 불구하고 이 대중적인 서점의 판매자가 빨간색 하트를 달아 놓았다는 사실이 나의 흥미를 자극했다. 일단 사서 읽어 보기로 했다. 파리라는 내게는 매우 심드렁한 도시의 낯선 호텔 방에 박혀서 나는 그 책을 읽었다. 공부를 썩 잘하는 고등학교 3학년 학생 둘이 어느 대학에 가야 할지 고민하는 것으로 시작되는 그 책을 쉽게 손에서 놓지 못한 것은 막 고등학생이 된 우리 딸 때문이기도 했다. 그래, 적어도 이런 정도는 탐색하고 고민하고 선택해야 하는 거 아닌가! 하는 심정이었다. 그러나 소설 속에서 주인공

들은 금세 대학생이 되었고, 이야기는 각각 문과와 이과를 선택한 절친한 이 아이들이 필연적으로 전혀 다른 삶을 살게 되는 과정을 그리고 있었다.

대학에만 들어가면 '불행 끝, 행복 시작'을 외치며 공부랑은 담 쌓고 놀려고만 하는 우리나라 아이들을 나는 이해할 수밖에 없다. 정말이지 대한민국에서 고3을 견디고 나면 인생에서 못할 일이 없지 않을까 싶은 생각까지 든다. 그러나 술집과 옷집뿐인 학교 주변에서 갑자기 대학생이 되어 버린 아이들이 달리 무얼 할 수 있을까 생각하면 차오르는 것은 분노와 슬픔뿐이다. 학교도 학원도 선생님도 부모도 열심히 공부해서 대학에 가라고만 하지 대학 생활에 대해서 얘기해 주지 않는다. 청소년 소설이라도 아이들에게 대학이 어떤 곳인지, 대학에 간 아이들은 어떻게 사는지 이야기해 줘야 하지 않을까? 딱 그런 생각이었다. 이 책을 번역 출간하기로 결정했을 때. 그러고도 책이 나오기까지 쉽지 않았다. 미국 출판사는 반드시 에이전시를 거쳐야 한다는 걸 모르고 오랫동안 교신을 시도했으며 에이전시에 의뢰하고 나서도 일은 간단하지 않았다. 어려운 길을 돌아 돌아서 이 책이 나온지 꼭 5년째다. 지금처럼 수능을 얼마 앞두고 펴냈었으니까.

청소년 소설의 새바람을 몰고 왔다는 평가를 받았던 반올림 시리즈의 몇몇 청소년 소설들에 대해서 '멀쩡한 어른들이 불량한 척'한다는 독특한 견해를 보여 주었던, 당시 고등학생이었던 우리 딸은 이 작품이 바람의 아이들 책 중에 가장 낫다고 말해 주었다. 그러나 그뿐이었다. 대부분의 독자들에게 이 작품은 사랑받기 보다는 잊혀진 책이 되어 가고 있다. 나는 그 이유가 너무나 궁금해서 기회 있을 때마다 사람들에게 물어보곤 한다. 그러나 돌아오는 대답은 잘 안 읽힌다거나 좀 어렵다는 것이었다. 물론 문화의 차이에 대한 이야기가 아니다. 얼마 전에 펴낸 존 그린(John Green)의 『종이도시』 같은 작품도 인기가 있는 편이니까. 이 글을 쓰다가 갑자기 궁금해져서 아마존에 들어가서 이 작품의 판매 지수를 확인해 보았다. 그러고 보니 이 책의 판매 상황도 알아보지 않고 번역 기획을 했던 것이다. 그런데, 놀랍게도 이런 숫자가 떴다. Amazon Bestsellers Rank: #8,464,370 in Books 이런 수치를 어떻게 해석하는 건지는 모르겠으나 한국어 판의 운명과는 영판 다른 것만은 틀림없다. 가끔, 나한테 이제까지 낸 책 중에서 어떤 책이 제일 좋으냐는 질문을 하는 사람들이 있다. 선뜻 대답이 잘 안 나온다. 그런데 사실 내게는 특별히 어떤 책이 더 좋다는 생각보다는 독자들의 사랑을 받지 못하는 책들에 대한 애틋한 마음이 더 크다.

『학교 도서관 저널』 2010년 12월호에 실린원고. 좋은 작품이지만 시장에서 아깝게 묻혀 버린 책에 대해서 편집자에게 말할 기회를 주는 취지의 '편집자의 수작' 이란 코너에 맞춰서 썼다.

당신 아이에게
대마초를 권하시겠습니까?

교정지를 덮었다. 끝냈다는 안도감과 함께 머릿속에서 내내 길항작용을 일으키던 말들을 미처 다 잠재우지 못해 현기증에 시달리고 있다. 아무래도 말들이 바깥으로 나오도록 길을 터 주어야 할 모양이다. 최대한 아무렇게나. 과연 그렇게 할 수 있는지 모르겠으나…….

한 권의 책을 번역하고 출판하는 과정. 번역은 물론 기획도 하고 편집 교정까지 보는 나로서는 도대체 몇 번 그 작품을 읽는지 모르겠다. 그것도 상당한 시차를 두고. 웬만해서는 싫증이 나거나 무감해지는 게 정상이지 않을까? 아님 살아있는 작품이란 읽을 때마다 새롭게 다가오는 걸까? 티에리 르냉(Thierry Lenain)은 강렬하다. 무엇이? 호흡을 짧게 짧게 끊어 내는 단문들로 정곡을 찌르면서 진도 나가는 솜씨는 경쾌하지만 그가 하는 얘기는 늘 무겁다. 뿐만 아니라 엄청나게 드라마틱하다. 읽을 때마다 매번 휘둘린다 그 드라마에. 그 드라마는 마음에서 일어난다. 사건들은 생략 속에 세련되게 숨어 있을 뿐이다. 책을 읽는다는 행위가 원래 그런 거지만 이 교정지를 읽어내려 가면서 나는 로잔느와 다비드와 악마와 마약밖에 존재하지 않는 어떤 공간에 잠시 갇힌 기분이었다. 숨이 찼고 어지럽고 머리가 아팠다. 자꾸 쉬어야만 했다. 설명하고 싶지 않다. 모든 설명이 지루하고 배반적으로 느껴진다. 그만큼 티에리 르냉은 감각적이기도 하다. 『운하의 소녀』(티에리 르냉 지음, 비룡소, 2002)에서도 똑같이 느낀 건데 그는 남자 작가이면서도 여자아이의 심리를 아주 훌륭하게 그려 낸다. 아니, 남자이기 때문에 그런 건지도 모르겠다. 하긴 로잔느의 주사 바늘에 대한 공포라든지 새 아빠의 수염에 대한 거부감 같은 것은 거의 소녀적 순결에 대한 다만 '이미지'에 가까워 보인다. 그러나 대부분의 남성 작가들은 여성을 1인칭 화자로 내세웠을 때 실패한다. 예전에 읽었던, 제목과 작가가 기억나지 않는 여러 편의 소설들에 대한 여성 독자로서의 내 느낌이다.

토요일 한낮. 곧 떠날, 해가 너무나 잘 드는 사무실에 앉아서 교정 작업을 마쳤다. 나도 다비드처럼 악마에게 영혼을 팔고 싶다는 유혹에 시달리면서. 그러나 무엇을 대가로? 로잔느의 질문에 다비드는 대답하지 못한다. 나도 마찬가지다. 다비드의 내면에서 울림으로 반복되는 물음. 왜? 왜? 왜? 왜들…… 원하지 않는 싸움이 마음속에서 진행될 때는 속수무책이다. 전화가 울린다. 은평구, 무슨 서점이란다. 방금 듣고도 이름을 잊었다. 주문한 책이 어떻게 되었냔다. 어떻게 되었겠지…… 전화한 사람도 나도 둘 다 싱겁게 대화를 끝냈다. 요가 시간도 놓쳤다. 이제 진짜 역자 후기를 써야 한다. 악마에게든 천사에게든 팔 수 있는(없을) 영혼은 서랍 속에나 구겨 넣어 두고.

••

얼마 전 〈100분 토론〉이란 텔레비전 프로그램에서 대마초 합법화 논란을 다루었다. 문화계 인사와 의사, 사회병리학자 및 마약 수사대 등 대마초 경험자들과 비경험자들로 구성된 토론자들의 목소리는 자주 격앙되었다. 대마초는 환각성이나 중독성 면에서 커피나 담배, 술과 비슷한 정도라고 주장하는 측과 사회적 악이라고 주장하는 측이 팽팽히 맞서면서 쉽게 결론이 나지 않자 생뚱맞은 질문이 나왔다. "대마초가 그렇게 해가 없는 거라면 그럼, 당신은 당신 아이에게 대마초를 권하시겠습니까?" 상당히 화가 난 목소리였는데 토론 문화에 익숙하지 않아서 그렇겠지만 이런 식의 질문은 토론의 촛점을 흐릴 뿐이다. 보고 있는 내가 다 난감한 지경에 가수 신해철이 손을 들고 나섰다. 그는 똑 부러진 목소리로 이렇게 말했다. "경험자로서 제가 대답하겠습니다. 그 전에 저도 한 가지 묻지요. 그럼 당신은 당신의 아이가 대마초를 피운다면 바로 경찰에 전화해서 고발하시겠습니까?" 이만하면 판정승이 날 만도 했지만 그는 바로 이어서 이렇게 말했다. "저는 제 아이가 대마초를 피운다면 대화를 시도하겠습니다. 우선 묻겠습니다. 왜 그러는지. 그리고 가르쳐 주겠습니다. 공공장소에서 피우지 마라, 남에게 권하지 마라, 자신의 몸의 변화를 면밀히 관찰해라, 그리고 물을 많이 마셔라, 하고요." 속이 시원했다. 그래, 아이들을 위한다는 건 저런 거다. 마약을 하는 아이에게 무조건 벌을 주는 것은 그 아이에게 아무 도움도 안 된다.

내가 『악마와의 계약』(티에르 르냉 지음, 바람의아이들, 2005)을 읽은 것은 벌써 여러 해 전이다. 단박에 빨려 들었던 작품이지만 내 안의 검열자는 마약 문제를 다룬 작품이 과연 우리나라에서 받아들여질 것인가 자꾸 의심하고 있었다. 우리 사회에는 마약보다 훨씬 중요한 문제들이 많지 않느냐고 스스로를 설득하고 있었다. 결국은 몇몇 작가들과 편집자들의 의견을 물었다. 그들의 반응은 모두 나와 같았다. 그러고 보니 걸리는 게 한두 가지가 아니었다. 의붓아버지 때문에 화가 나서 집을 나온 열세 살짜리 여자애가 아무리 잘 데가 없다 해도 그렇지 카페에서 만난 남자 집에 따라가다니. 아무리 그가 마약을 하지 않을 때는 쾌활하고 착한 사람이라는 것을 알았다 해도 그렇지, 그가 보는 앞에서 옷을 다 벗고 호수에 뛰어들다니. 그것도 모자라 그가 돈이 없어서 마약을 못하고 고통스러워하는 것을 보고 자기 집 담을 넘고 장롱 속에서 엄마 돈을 훔쳐 오다니. 이처럼 보통 한국 어른의 눈으로 시작된 검열에 걸리는 것은 한두 가지가 아니었다. 짧지 않은 세월의 문학적 단련과 아이들 교육에 대한 소신에도 불구하고 이 모든 것을 마음에 걸려 하는 나 자신이 한심하고 난감했다. 내면화된 폭력. 검열의 검은 손은 무서웠다!

그렇게 주저주저하면서 시간이 흐르고 티에리 르냉의 다른 작품인 『운하의 소녀』에 보여 준 우리 독자들의 뜨거운 반응 덕분에 나는 내가 얼마나 이상한 오해와 타협에 빠져 있었는지 깨달았다. 『운하의 소녀』를 검토할 때도 나는 똑같은 망설임에 흔들리고 있었던 것이다. 성추행 문제를 리얼하게 다룬 이 작품이 '성장 소설' 위주의 우리 청소년 문학에 받아들여질 수 있을 것인가 하는 고민. 주변의 이웃들 역시 『악마와의 계약』 때와 같은 반응을 보였는데 독자들은 달랐다. 그들은 '문제'보다 '문학성'에 주목하는 성숙함을 보여 주었다. 몇 년 사이, 우리 아동문학이 양적으로 큰 팽창을 했음에도 불구하고 질적 성장은 그와 전혀 비례하지 않을 뿐만 아니라 전문가 집단의 폐쇄성도 그다지 달라지지 않았다. 그러나 독자들의 눈은 확연하게 밝아졌다. 어린이·청소년 책 마니아들이 점점 많아지고 그들이 좋은 작품을 알아본다는 걸 이제는 믿을 수 있고, 느낄 수 있다. 문학적 가치의 보편성.

티에리 르냉의 작품들은 종종 사회적 이슈들을 담고 있다. 아이들 사이의 추행(『너, 그거 이리 내놔!』), 성추행(『운하의 소녀』), 인종차별(『바비 클럽』), 죽음(『내일은 꽃이 필 거야』)(『별빛을 타고 온 아이』). 그런 만큼 묵직하다. 그러나 그의 작품이 평가 받는 것은 물론 그 묵직함 때문만이 아니다. 그만그만한 목적 소설, 교훈 동화가 얼마나 많은가. 작가는, 마약 문제를 다룬 소설을 아이들에게 읽혀도 좋을까 하고 걱정하는 나 같은 어른들의 마음을 잘 안다는 듯 작품 속에 분명한 결론과 해답을 제시하고 있다. 마약은 쓰레기라고. 그러나 이 작품, 『악마와의 계약』의 가치는 그런 해답에 있는 것이 물론 아니다. 간결하고 힘 있는 문장들, 밀도 있는 문체, 더러 숨을 훅 몰아쉬게 하는 긴장미와 심리주의적 경향이 강한 섬세한 묘사들은 독자를 단숨에 빨아들인다. 그러나 내가 이 작품에 눈을 주었던 것은 무엇보다도 강렬한 제목 때문이었다. 악마와의 계약이라니. 마약을 하지 않으면 꽤 괜찮고 말도 잘하는 청년인 다비드는 로잔느에게 중세 시대의 전설을 들려준다.

"…… 그 시절에는 말이야, 만일 네가 부귀나 이루어질 수 없는 사랑 같은 걸 원하면 악마랑 계약을 맺을 수 있다고 했어. 네가 원하는 걸 악마가 주는 거야. 그 대신, 얼마 있다가 악마가 나타나서 네 영혼을 가져가고 넌 영원히 악마의 종이 되겠다고 약속을 해야 돼. 물론 일은 언제나 나쁜 쪽으로 흘러가지. 일단 사랑이든 돈이든 얻게 되면 약속을 지키고 죽고 싶은 사람은 없거든. 하지만 악마에게서 영혼을 다시 살 수는 없는 거지. 마술사의 도움으로 악마와의 계약에서 벗어나는 사람도 있기는 했지만 대개는 미칠 때까지 싸우다가 죽었대."

사람들은 종종 이루어질 수 없는 것을 꿈꾼다. 아니, 사람들이 바라는 것은 대부분 이루어질 수 없는 것들이다. 그리고 대부분의 사람들은 그렇다는 걸 알기 때문에 악마의 유혹에 넘어가지 않는다. 그러니까 악마에게 영혼을 팔고 자신의 꿈을 사는 사람들은 '나쁜' 것일까? 작가는 문제를 그렇게 단순하게 바라보지만은 않는다. 다비드는 자기에게 마약을 조달해 주는 화가 장 폴은 그림을 위해서 영혼을 팔았다고 로잔느에게 설명해 준다. 그가 처음 헤로인을 시작했을 때는 기가 막힌 그림이 나왔었다고, 그의 그림 중에 최고였다고 말한다. 그러나 그에게서 예쁘다는 말을 한 번만이라도 더 듣고 싶어 하는 로잔느가 관심을 두는 것은 헤로인이 아니라 다비드다. "오빠도 악마랑 계약을 맺었어?" "뭘 대가로?" 그러나 로잔느의 관심이 다비드를 구하지는 못한다.

며칠 간의 엄청난 경험은 로잔느를 성장시키고 안온한 일상으로 돌아오게 만들었으며 작품은 빼어나고 작가의 결론도 확실하다. 모든 것은 정리되었다. 그러나 이 글을 쓰는 나는 지금 혼란스럽다. 로잔느가 다비드에게 했던 질문이 귓가에 쟁쟁하다. 악마랑 계약을 맺었어? 뭘 대가로? 작품 끄트머리에 나오는 알렝 수숑의 상송 가사처럼, 다비드는 '아픈' 거였다. 그에게 필요한 것은 '사랑하는 사람이랑 한두 시간쯤' '산책이 필요한 거'였다. 겨우 그거였다. 로잔느가 이어폰을 꽂고 비를 맞으면서 이 노래를 들으며, "절대로 내 영혼은 못 가져가, 절대로"라고 악마에게 경고하는 걸로 작품은 끝났다. 하지만 책장을 덮고, 햇빛 바른 창밖을 내다보며 이 글을 쓰고 있는 나는 아무것도 다짐할 수도 '경고'할 수도 없다. 어지럽다…… 로잔느처럼 눈물이 차오르는 걸까…… 알랭 수숑의 노래나 찾아서 들어 봐야겠다.

『악마와의 계약』(티에리 르냉 지음, 바람의아이들, 2005)에 실린 역자 후기.
앞의 세 단락은 따로 써서 덧붙였다.

복잡하고 간결하고 진지하게

몇몇 외국 친구들은 내 인생에 깊은 영향을 미쳤는데 수지 모건스턴이 그중의 하나이다. 나와는 정반대라고 할 만한 성격의 그녀는 내 우울을 흩어 놓는데 한몫 단단히 했다. 적어도 어린이문학과 관련해서는 그녀 없이 나는 일을 시작하지 않았을 것이다. 한동안 뜸했던 그녀를 프랑스 문화원의 초대로 파리에 가서 만났다.

수년 만에 만난 수지가 내게 "너, 『Le club des crottes』(환경을 생각하는 개똥 클럽) 읽었니?"라고 말했을 때 나는 이 책에 그다지 관심이 없었다. 표리가 너무 일치했던지, 그녀는 곧바로 나의 무관심을 알아차린 듯 이렇게 말했다. "그거, 환경문제 이야기야!" 그런데 바로 그 말 때문에 나는 더 관심이 없어졌다. 대한민국 아동문학은 한때 '개판'에 '똥 천지'라는 말이 있었다. 환경문제 역시 '개'나 '똥'에 뒤지지 않는 어린이 책의 단골 소재(혹은 주제)다. 그러니 나로서는 식상할 수 있는 충분한 조건을 갖춘 셈이었다. 그런데! 별 기대 없이 이 작품을 읽어 나가면서 나는 점점 '어? 이것 봐……!' 하게 되었다. 그랬다. 이미 60여 권의 책을 펴내고 수십 개의 문학상을 받은 그녀가, 여기서나 마찬가지로 거기서도 쉽게 안주할 수 있음에도 불구하고, 육십이 넘은 나이에도 진화할 수 있다는 것을 목격하면서 나는 저절로 겸허해지는 느낌이었다. 그리고 그런 진화가 전혀 스타나 대가답지 않은 아주 성실한 노력의 대가라는 걸 알고 나서는 감동하고 또 안심했다.

개똥 클럽이라니. 개똥참외나 개똥철학처럼 비유적인 것이 아니라 진짜 개똥을 중심으로 모인 클럽의 이야기다. 그러나 익살이나 풍자가 아니라 진실과 사실들에 대한 이야기다. 유창한 언어 구사력과 정확한 사실들, 각종 과장과 과감한 생략이 작품을 읽는 내내 쿡쿡 웃음이 터지게 만들지만 다시 생각해도 『환경을 생각하는 개똥 클럽』은 역시 '진지한' 이야기다.

그것은 개똥을 피해 다녀야 하는 지저분한 길거리, 어른들의 시민 정신 부족 때문에 개를 증오하던 자크가 할머니한테 개를 선물 받고 개를 교육시키면서 자기 자신을 교육하는 이야기이며, 개를 사랑하는 나머지 개를 사람인 줄 아는 애완견족들의 이야기이며, 개똥 치우기에 몰두한 나머지 비현실적인 연구에 푹 빠져 버린 수재의 이야기이며, 의견이 다른 사람들을 이해하는 과정의 이야기이기도 하고 또한 발상에서 착수, 그리고 실행과 목표 달성에 이르기까지의 '멋진 작업'의 이야기이기도 하다. 정말 그렇다. 내게는 이 이야기가 '개똥' 이야기라기보다는 아이들이 하나의 과제에 집중하면서 사소하고 시시하고 전혀 드라마틱하지 않지만 중요하고 현실적인, 피할 수 없는 어려움들을 헤쳐 나가면서 어떻게 성장하는가, 하는 이야기로 읽혔다. 그래서 개똥 클럽 창립 회원과 명예 회원이 모여서 용감하게도 파리 시장을 찾아가는 장면이 흥미진진했고, 시장실에서 노트북을 켜 놓고 그동안의 연구를 바탕으로 멋진 프리젠테이션을 하는 세자르에게 다음과 같이 말해 줄 수 있는 어른인 시장이 몹시 부러웠다.

"일이 그렇게 간단하지가 않단다. 똑똑하다는 것은 하나의 상황과 그 상황에서 생기는 문제점을 전부 다 이해하고 장기적인 해결책을 제시하되 예산을 세우고 집행하는 것까지 제대로 다 해내는 것을 말한다. 그렇지 않으면 그냥 다 '꿈'일 뿐이야……. 정말 훌륭하구나. 넌 멋진 작업을 해낸 거야. 난 네가 앞으로, 그리고 지금 당장 선택하는 모든 것을 틀림없이 성공적으로 해낼 거라고 믿는다. 그런데, 개들 전용 화장실은 말이다, 내 생각엔 좀 아닌 거 같아. 개는 어쨌든 개야. 사랑을 아무리 많이 받는다 해도 동물은 사람처럼 똑똑해질 수는 없는 거다. 우리는 개의 주인들을, 그러니까 사람들을! 더 똑똑해지게 만드는 일을 해야 해."

이렇게 복잡한 이야기를 이렇게 간결하게 아이들 눈높이에 딱 맞도록 할 수 있다는 것에 나는 감탄한다. 『조커』나 『딸들이 자라서 엄마가 된다』, 『엉뚱이 소피의 못 말리는 패션』, 『중학교 1학년』, 『정말 너무해』 등의 전작들에서 보여 주었듯이 수지 모건스턴은 항상 독자들을 웃으면서 깨닫게 해 준다. 전작들에서 보였던 다변과 재치는 이 작품에서 훨씬 절제된 형태로 나타나 있다. 열아홉 개의 '클럽'으로 분절된 구성도 그렇고 백삼십 쪽 정도의 짧은 분량에 담긴 개를 매개로 한 다양한 삶의 풍속도와 색깔 있는 지식들이 그렇다. 번역을 하다 보면 어느 정도 텍스트를 사랑할 수밖에 없지만 나는 이 작품이 특별히 사랑스럽다. 그래서 일독을 권한다. 공부 잘하고 친구들에게 인기 있고 어른들 말 잘 듣는 착한 아이들의 삶에는 이야깃거리가 없다고 생각하는 어른들에게, 아니 도대체 아이들이란 그런 아이들과 그렇지 않은 아이들로 나뉠 수 있다고 생각하는 모든 사람들에게.

『환경을 생각하는 개똥클럽』(수지 모건스턴 지음, 바람의아이들, 2010)에 실린 역자 후기

딸들이
엄마가 되어서 읽는다

『딸들이 자라서 엄마가 된다』는 내가 처음으로 번역한 청소년 소설이다. 1997년에 초판 1쇄가 나왔으니 그 책을 고등학생 때 읽은 독자는 서른 살이 넘었을 것이고 어느덧 딸의 시각에서 보던 이 책을 이제는 엄마의 시점으로 다시 읽을지도 모른다는 상상을 한다. 딸이 아슬아슬한 사춘기를 건너는 걸 걱정스럽게 지켜보던 작가가 자기 딸에게 함께 쓰자고 제안해서 쓴 작품이라서 이 책은 같은 사건이 한 번은 엄마의 시각, 한 번은 딸의 시각으로 두 번씩 되풀이되면서 이야기가 진행된다. 그렇게 자란 딸은 언어학 박사학위를 받고 오랜 시간 지방으로 강의를 다니느라 엄마 애를 태우더니 작년에 드디어 파리 3대학의 교수가 되었다. 수지는 어찌나 좋은지 마침 파리에 있던 나한테까지 자랑하느라 바빴고 축하한다는 내 메일에 알리아(이 책의 공동 저자이자 수지의 딸)는 우리 책을 좋게 봐 줘서 고맙다며 수줍고 어린애 같은 답장을 보내왔다. 손주와 노는 것이 최고의 행복이라는 수지는 나를 딸의 아파트로 초대했다. 여느 할머니들처럼 묻지도 않은 손주 자랑에 입을 다물 줄 모르는 그녀가 차를 준비하면서 내게 물었다. 설탕을 몇 개 넣겠냐고. 머그컵에 티백을 넣고 뜨거운 물을 붓는 중이었다. 내가 고른 허브차는 베르벤이었는데 설탕이라니……? 뜬금없어 하는 내 반응에 그녀는 입술을 깨물면서 말했다. 나는 설탕을 끊을 수가 없어, 라고.

설탕은 수지 모건스턴이라는 작가를 설명하는 하나의 코드가 되고도 남는다. 설탕으로 인해 비만이 되고 당뇨를 앓기도 하지만 그 설탕을 끊지 못하는 아픔으로 작품도 쓰고 노래도 부른다. 최근에 수지를 가장 바쁘고 살맛나게 하는 일은 글 쓰는 일보다도 공연을 하는 일이라고 할 정도니까. 식성이 설탕에 집중된 수지는 여느 대식가와는 달리 편식이 심하다. 그런 그녀의 편식은 글쓰기에서 다 풀어지는 것일까. 수지 모건스턴을 가리켜 프랑스 사람들은 '생의 모든 형태에 대해서 왕성한 식욕을 보이는 작가'라고 말한다. 『어느 할머니 이야기』처럼 때로는 잔잔하고 『조커』나 『엉뚱이 소피의 못말리는 패션』처럼 때로는 기발하고 『환경을 생각하는 개똥클럽』처럼 어떤 때는 웃음이 터지게 만들고 『글쓰기 다이어리』처럼 누구도 생각해 본 적이 없는 새로운 형태의 책을 수지는 지금까지 90여 권이나 썼다. 그동안 많은 상을 받았지만 그중에 가장 큰 명예는 2005년에 받은 문화예술공로 훈장이다.

2008년 가을, 수지는 서울에 다녀갔다. 한국에 초청 받는 걸 흔쾌하게 받아들이는 프랑스 작가가 많지는 않다. 그러나 처음 내가 수지를 만나러 니스에 갔던 때처럼, 그래서 결국 아동문학을 시작하게 되었던 때처럼 수지는 선뜻 서울에 오겠다고 했다. 너만 믿고 가겠다고 했다. 그리고 일주일간의 서울 나들이는 대성공이었다. 수지는 기자들 앞에서 아동문학 작가를 이렇게 '스타'처럼 맞이해 주다니 프랑스에서는 꿈도 못 꿀 일이라고 철없는(?) 농담을 했고, 파리에 돌아가서는 동료 작가들에게 한국에 가서 헐리우드 스타 대접을 받았다고 더 말이 안 되는 농담을 해서 서울에 오고 싶다는 작가들이 많아졌다. 수지다운 사건이다! 할머니가 된 수지는 여전히 가는 데마다 이렇게 사고를 치면서 여러 사람을 웃기고 다닌다. 그런 수지의 면모가 여실히 드러나 있는 『딸들이 자라서 엄마가 된다』가 10년 넘게 꾸준히 팔리고 있다고 한다. 개정판을 낸다고 역자 후기를 다시 써 달라는 편집자의 전화를 받고 돌아보니 이 작품은 수지의 인생에도 내 인생에도 개입을 적잖이 한 셈이다. 적절하고 우호적인 무관심으로 우리는 서로를 도우면서 살아온 것이다. 그 사이 수지는 할머니가 되고 큰딸은 교수가 작은딸은 의사가 되었으며, 한국 엄마 못지 않게 교육열이 높은 유태인인 수지는 공부밖에 모르는 작은딸의 신랑감까지 찾아서 결혼을 시키는 프랑스인으로서는 보기 드문 극성 엄마다. 어쩌면 그런 점 때문에 한국 엄마들에게 수지가 인기인지도 모를 일이다. 변화는 수지에게뿐만 아니라 내게도 적지 않게 일어났다. 엉뚱하게 니스까지 찾아가서 생각지 못한 환대를 받고 어린이문학 쪽으로 발걸음을 돌린 이래, 우리 아이들은 각각 대학생과 고등학생으로 자라났고 나는 번역에서 아동문학 평론으로 그리고 이제는 출판으로 일의 무게 중심을 옮기면서 점점 복잡하고 다양하게 살고 있다. 그리고 올해는 프랑스 정부로부터 수지가 받은 것과 똑같은 훈장까지 받게 되었다. 얼떨떨하지만 돌아보면 참 우연한 인생이고 그래서 즐거운 인생이다.

『딸들이 자라서 엄마가 된다』
(수지 모건스턴 지음, 2010년 웅진 지식하우스) 개정판에 실린 역자 후기.

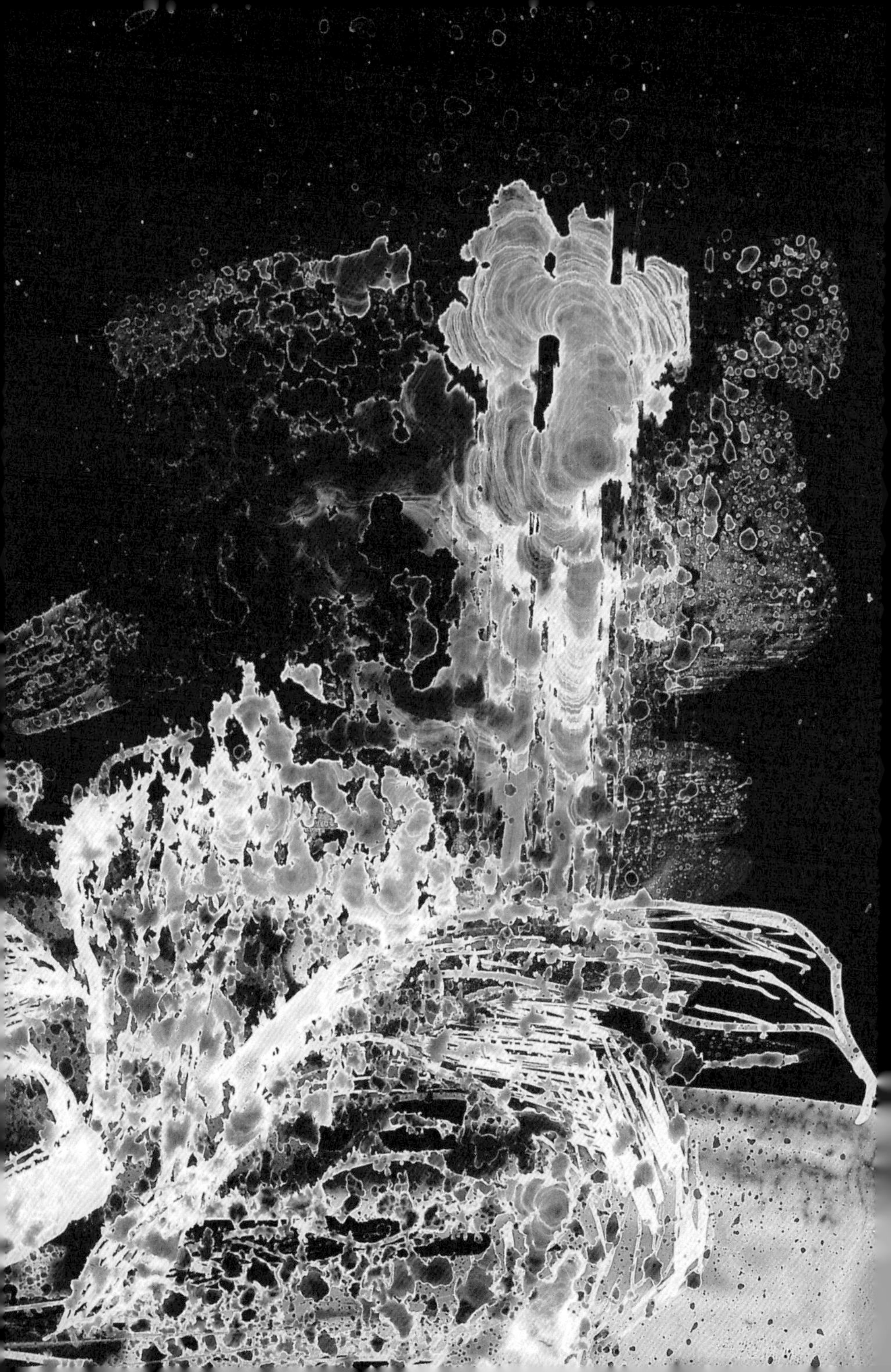

누군가의 슬픔

단속적으로 그러나 길게 이어지는 울음소리. 어느 순간 나는 음악이 아니라 그녀의 울음소리에 맞춰서 춤을 추고 있었다. 쿵쿵거리는 빠르고 강한 음악보다 그녀의 울음소리가 더 리드미컬하게 내 몸으로 전해져 왔고, 쉬지 않고 동작이 흘러나왔다.

누군가의
슬픔

몇 달째 춤테라피를 경험하고 있다. 몸이 하는 말에 귀를 기울이다, 이렇게 이상한 말이 아무렇지도 않게 들리는 곳, 그곳이 춤테라피의 공간이다. 많은 사람들이 몸이 있어 감사하다는 말을 하고, 자신의 몸을 사랑하게 되었노라는 말을 한다. 어제, 나는 유난히 그런 말들이 와 닿지가 않았다. 그보다 더 황당한 것은 내 말을 내가 이해할 수 없었던 낯설디 낯선 경험이다.

익명의 1인으로 어딘가에 가면 혹시라도 나를 알아보는 사람이 있을까 은근히 신경이 쓰이는 게 솔직한 심경이다. 그 마음을 극복하는데 시간이 많이 걸렸고, 어디엘 가든 그곳에 있는 사람들과 거리를 좁히지 않은 채 그저 낯을 익히고 무언가를 길들이는 데는 더 많은 시간이 걸렸다. 그런데 그게 안 되는 사람이 하나 있다. 신체장애를 가진 어떤 대상. 그녀는 남들처럼 춤을 출 수는 없다. 많은 시간을 벽을 보고 서 있거나 사람들의 무리에서 약간 떨어져 있다. 그리고 많이 운다. 그리고 또 매번 가장 오래, 길게, 자신의 감상에 대해서 말한다. 그녀의 말을 알아듣기는 힘이 든다. 손발처럼 뒤틀어진 입으로 하는 말은 아무리 귀를 기울여도 또렷하게 들어오지는 않는다. 그러나 무언가가 전해져 온다. 그 공간의 사람들 중에서 내가 유난히 그녀에게 민감하다. 그런 내 마음이 들킬세라 매우 조심한다.

어제는 내내 그녀의 곁에 있게 되었다. 그리고 그녀의 울음소리를 더 자세히 듣게 되었다. 평소와 달리 메마르고 신경절적인 울음이었다. 단속적으로 그러나 길게 이어지는 울음소리. 어느 순간 나는 음악이 아니라 그녀의 울음소리에 맞춰서 춤을 추고 있었다. 쿵쿵거리는 빠르고 강한 음악보다 그녀의 울음소리가 더 리드미컬하게 내 몸으로 전해져 왔고, 쉬지 않고 동작이 흘러나왔다. 어디서 나오는 건지 모를 이야기들이 몸으로 끝없이 흘러나왔는데 '누군가의 슬픔' 이라는 낱말들이 떠올랐다. 그뿐이었다. 그 춤이 끝나고 나는 내내 누워 있어야 했다. 간간이 눈을 떠서 사람들을 봤다. 희열에 들뜬 사람, 가벼운 미소를 짓는 사람, 미친듯이 움직이는 사람, 누군가와 신나게 호흡을 맞추는 사람, 수도를 하는 듯이 보이는 사람…… 바로 곁의 그 사람들을 머나먼 풍경처럼 건너다보다가 시간이 다 갔다.

마무리는 이야기하고 싶은 사람들이 뭔가를 말한다. 역시 그녀가 가장 길게 말을 한다. 어제는 특별했다. 늘 미안한 듯 말하던 그녀가 말을 하다 소리를 지르고 울부짖었다. 나는 누운 채로 그 말들을 버텼다. '신경질' 이라는 낱말이 들어왔다. 신경질이 나서 죽겠다는 걸 알 수 있었다. 그렇게 표현할 수 있어서 얼마나 다행인가. 무언지 알 수 없는 불편함에 압도당해 있던 나는 내 안에서 흘러나온, 내 몸이 번역해낸 이야기를 내가 이해할 수 없다는 깨달음에서 사고가 딱 멈추었다. 몸. 그랬다. 몸이었다. 모든 것을 언어화하는 습관이 있는 내가 춤에 대해서만은 한 번도 글을 쓸 생각을 해 본 적이 없다. 그랬는데 어제, 몸과 언어가 충돌한 모양이다. 견딜 수 없이 피로한 몸을 이끌고 집으로 돌아와 세수도 못 하고 쓰러졌다. 잠과 꿈과 불면 사이로 들락날락하던 것은 무엇이었을까. 공간이 바뀌고 해가 나고 모든 것이 안전해 보이는 아침, 몸 속 어딘가에 남은 그 어떤 잔여물에서 아직 마음을 거두어들이지 못하고 있다.

미친년 프로젝트

미친년 프로젝트. 뭔가 모던해 보이는 이 말은 2005년 6월 16일, 오늘 한겨레 신문이 소개한 여성주의 사진작가 박영숙의 전시 제목이다. '또 하나의 문화'나 '미친년'이나 똑같이 클리쉐의 냄새가 진하게 풍겼지만 혹시나 하고 읽어 보았다. 70년대나 지금이나 여성은 여전히 해방을 부르짖고 있다. 대체 뭐가 달라졌을까! 30년 전이나 지금이나 여전히 (여성)해방 이전, 그 억압들에 대해서만 말하고 있을 뿐이다. 문득, 성적인 억압에 무관심한 여성들의 자리는 어디일까, 하는 생각이 든다. 그런 여성들도 참 많다. 또한 남성들은? 가해자 혹은 지배자의 자리에 불편하게 앉아 있는 일부 남성들은? 이런 남자들도 제법 있다.

진달래와 복숭아꽃과 담장과 넋 나간 웃음과 흐드러진 목련 꽃잎과 허공 응시라니. 중학교 때 읽었던 단편소설들이 생각난다. 남자든 여자든 도대체 왜 유혹과 잉태에 대해서만 말하는가, 성적인 억압에 대해서만 말하는가. 기자가 잘 지적했듯이 '분노와 억압을 뛰어넘어 내면을 비워 냄으로써 진정 자유로워진 여성의 이미지'는 장르를 불문하고 어떤 작품에서도 잘 찾아지지 않는다. 무한히 복제되고 무책임하게 유포되고 있는 여성의 이미지는 여전히 몸을 떠나지 못한다. 이제 물어야 할 때도 되지 않았을까? 여성에 대한 담론은 동반적이든 적대적이든, 굳이 남성과의 관계를 떠날 수 없는 것이냐고. 정말 그러냐고. 아름답지 않을 권리에 대해서, 여성 특유의 정신적 풍경들에 대해서 말할 때도 되지 않았을까. 내 안의 분노 찌꺼기들을 처치하느라 급한 마음을 추스리고 다시 신문을 들여다보니 그제서야 괄호 속에 있는 작가의 나이가 눈에 들어온다. 65세. 당연한 걸까? 그녀는 21세기에도 '그 세대 작가'로 남아있는 게? 모르겠다. 세상은 어지럽고, 어렵고, 짜증나는 일투성이다!

그런 날 부끄럽게 만들려고 천양희 시인은 작품이 아니라 작가의 말마저 이렇게 폼나게 써 놓았는지 모를 일이다.

시 생각만 하다가 무엇인가 놓쳤다
놓친 것이 있어
시 생각만 했다
시 생각만 하다가 무엇인가 잊었다
잊은 것이 있어
시 생각만 했다
시 생각만 하다가 세상에 시달릴 힘이 생겼다

생긴 힘이 있어
시 생각만 했다
그토록 믿어 왔던 시
오늘은 그만 내 일생이 되었다. 살아 봐야겠다.

그러고 보니 천양희도 육십이 넘은 여자다. '현대적' 이란 애매하고도 모호한 미명하에 저질러지는, 순정한 것들에 대한 모독을 용서하고 싶지 않다!

착오와 충돌의 힘

광화문 한복판에 이색 전시회가 열리고 있다. 낱말로 따지자면 꽃단장을 연상시키는 청계천과 각종 월드컵 홍보물이 난무하는 광화문은 언제부터인가 삶을 무슨 퍼포먼스 같아 보이게 만들고 있다는 느낌에 시달리게 한다. 안과 밖이 구별되지 않고 진정성이 의심되는. 그 전시회가 내 눈길을 잡아끈 것은 바로 그런 느낌을 꼭 집어 말해 주었기 때문이었을 것이다. 관광 도시라는 명목하에 언제부터인가 하나의 '풍경'이 되어 버리고 있는 서울, 그 안에 살고 있는 우리들에게 삶의 터전이 되어 주지 못하고 우리를 다만 풍경의 소비자로 만들어 버리고 있는 현상을 고발하는, 거칠고 힘찬 벽보가 나붙은 전시회. 속이 시원했다. 구구절절 옳은 말뿐이었다. 문학하는 인간들의 침묵을 나무라기라도 하듯 정곡을 찌르는 미술의 어떤 기운. 월드컵 응원 전사가 된 원로 시인의 사진을 보면서 느꼈던 쓸쓸하고도 불쾌했던 기분을 씻어 주기에 충분했다. 유감스럽게도 베껴 써 오지 못한 그 벽보에 이런 말이 있었던 것으로 기억한다. 착오와 충돌은 표현의, 예술의 힘이라는. 물론이다. 100% 동의한다.

서울의 풍경이 도대체 사람에게 안겨 들지 못하고 겉도는 것은, 으리으리한 건물들이 전쟁과 산업화, 근대화 그리고 민주화의 그늘에서 우리가 저지른 무수한 착오와 충돌의 흔적을 싹쓸이해 버리고 우리들이 흘린 땀과 피의 냄새를 고급 방향제로 덮어 버린 채, 서울을 아니 대~한~민국을 멀쑥하고 생뚱맞은 '전시장'으로 만들어 버린 무지막지한 손들 때문이 아닌가 말이다. 청계천이 시작되는 바로 그 자리를 거대한 인공벽으로 가리고 덕지덕지 붙여 놓은 설치물들은 제멋대로 헐거워지고 있었다. 떨어진 스카치테이프를 다시 붙이다 보니 한 가지 생각이 더 들었다. 이렇게 허름한 종잇장(?)들이 그 깨끗한 거리에 이리저리 나뒹구는 것은 이 전시의 컨셉에 속할지도 모른다는. 그러고 보니 그런 것 같았다.

예기치 못한 위로라니……. 방향지시등이나 이정표가 없는, 인생이라는 미로 속을 헤매며 내가 그간 저지른 수많은 실수와 오류와 실패들이 결국은 살아갈 힘이 되어 줄 것이라고 두 눈 질끈 감고 믿기로 했다. 아, 예술이란 얼마나 '필요' 한가!

뮤지션의 말,
말들

지난 토요일, 홍대 앞에 있는 클럽에 공연을 보러 갔다. 바로 그 전날 만난, 우리가 곧 펴낼 『주머니 속의 대중음악』의 저자 윤호준 선생과 그 지인들이 주최하는 콘서트였다. 〈음악취향 Y〉라는 무척 마음에 드는 이름을 가진 동호인 카페에서 선정한 '올해의 뮤지션'에 뽑힌 신인 뮤지션들 무대였다. 힙합부터 전자음악까지 내게는 생소한 것들투성이었지만 시종일관 내 관심을 끄는 것이 있었으니 그건 바로 마이너, 인디, 언더 같은 낱말들로 통칭될 만한 어떤 분위기 혹은 열정이었다.

좁은 무대에서 희한하게도 날고 뛰는 힙합 춤을 추며 랩을 하는 가수들도 있었고 가사라고는 달랑 "나도 오늘부터 짜파게티 요리사~"라는 한 문장으로 온갖 것을 다 보여 주는 1인 공연도 있었다. 그런데 사실, 나처럼 음악에 무식해도 너무 무식한 사람에게는 음악보다는 뮤지션들의 태도가 더 눈에 들어왔다. 뮤지션들은 한 곡, 두 곡이 끝날 때마다 말을 했다. 그냥 순간의 자기 기분을 말하기도 하고 음악하고 사는 힘든 인생, 혹은 외로움을 말하기도 하고, 말장난을 하기도 하고, 관객들의 반응을 이끌어 내려고 애쓰기도 했다.

까도빈 차도빈(까칠한 도시의 빈민, 차가운 도시의 빈민)이 없어지는 그날까지 노래를 한다던 야마가타 트윅스터, 롯데월드건 무슨 페스티벌이든 다 소화할 수 있다며, 여러분이 반응을 안 보여 주시면 우리끼리 신나게 놀다 갈 거라던 방사능, 혼자 사는 건 너무 외롭더라고, 치사하고 더러워도 할 수 없이 함께 살아야겠다는 결론을 내렸다는 어른이 된 지 몇 년 안 된다는, 며칠 전 첫 앨범을 냈다는, 사비나 엔 드론즈의 싱어 사비나, 이렇게 언더에서 노래하는 게 너무 자유롭고 마음에 든다는 DJ 안 과장. 그는 올해 점쟁이가 잘될 거라고, 들어오는 일은 다 받으라고 한 탓에 TV 드라마 곡을 만들어 보라는 제의를 수락했다나. 열심히 만들어 놓고 자고 일어나서 들어보면 시크릿 가든 배경음악이라고. 절망 속에 들리는 것은 악마의 목소리, 음 하나만 바꿔봐…… 그는 정말 지친 듯한 모습으로 횡설수설 이런 말들을 하면서, 다음 곡, 잘할 수 있을 것 같습니다, 뭐 이러면서 노래를 했다.

조용필이 그렇게 간절히 원했던 음악이라는 귀여운 콘서트를 나는 끝까지 보지 못했다. 뮤지션들에게 미안하게도 같이 갔던 딸이 춥고 배고프다고 까칠하게 구는 바람에 마지막 두 공연을 남겨 두고 아들 딸 데리고 치킨 '곱빼기'를 먹고 후회했다. 아직도 어두컴컴하고 허름한 클럽의 무대를 달구던 뮤지션들이 잔상처럼 남아 있다. 그들의 외로움, 그들의 열정을 지켜보면서 나는 헛되이 속으로 혼자 생각하고 있었다. 인디가 자유로워서 좋다는 저들도 혹시 잘나가는 기획사와 계약 맺고, 텔레비전에 나오고 밴츠를 타고 팬클럽을 거느리고 명품 패션으로 치장하고 싶은 유혹에 시달릴까? 아니, 최소한 그렇지는 않더라도, 누군가 스타로 만들어 주겠다고 손을 내밀 때, 나는 이렇게 자유롭게 노래하는 것이 좋다고 말할 용기가 있을까?

늦은 밤 뉴스를 보니 카라 해체 어쩌고 떠들썩하다. 뭐가 진실인지, 뭐가 잘못된 건지는 모르지만 씁쓸하다. 마이너들에게 마이너로 살아남는 것이 아름답다고 말하는 건 차마 미안한 일이다. 그래도 그게 맞는 말인 건 분명하다. 인디, independent, 독립. 원래는 그렇지 않았을 것이다. 그러나 21세기의 독립이란 무엇보다도 자본으로부터의 독립인 듯하다. 인디 음악, 독립 출판.

음력으로 섣달그믐 하루 전날, 다시 꺼내 보는 올해의 화두다.

자유, 가벼움 혹은 투쟁 이후

작품들을 보기 전에 나는 되도록 작품에 대한 정보를 알지 않으려고 한다. 그냥. 그냥 보는 거다. 훌륭한 작품이라면 분명 좋다는 느낌으로 올 것이라는 생각에서다. 순전히 주관적이겠지만 대체로 작가가 유명한 사람인 줄 모르고 봤어도 작품이 좋을 때 그는 어김없이 훌륭한 예술가라는 걸 알게 된다. 아무 데서도 얻을 수 없는 즐거운 확인이다. 장 끌로드 갈로따(Jean-Claude Gallotta)도 그랬다. 무식한 내가 한 번도 들어 본 적이 없는 그 이름.

〈마맘〉이라는 제목도 생소했고, 불어인데도 무슨 말인지 알 수 없었지만 나는 신경 쓰지 않았다. 공연 관람은 흡족했다. 작가(안무가)가 말하려고 하는 것은 뭔가의 불가능(혹은 가능!), 소외, 단절 그런 것들이었지만 내가 본 것은 경쾌한 자유의 모습이었다. 미술하는 사람들은 누드 데생이 얼마나 재미있는지 모른다고 말한다. 인간의 육체만큼 풍부하고 완전한 선은 없다고도 하고. 그런데 춤은 정지된 포즈의 모델보다 훨씬 풍부하고 매혹적인 몸들을 보여 준다. 몸이 아닌 다른 어떤 것으로도 만들어 낼 수 없을 것 같은, 유형이면서 무형인 어떤 절대감각. 그런데 갈로따가 보여 준 것은 그 이상이었다. 그는 몸을 내세우는 것 같지 않았다. 대개의 공연예술에서 무대에 선 배우는 관객을 압도한다. 강한 카리스마로 공연 내내 관객을 휘어잡는 힘이 있다. 그런데 갈로따는 달랐다. 그의 무용수들 중에는 주연과 조연의 구별이 없었다. 적어도 내가 보기에는 그랬다. 뿐만 아니라 직접 무대에 올라 뭔지 모를 '소리'들을 중얼거리고 다니는 갈로따는 지휘자나 감독이라기보다는 클도샤르 같았다. clochard, 대충 '거지'라고 번역

되지만 구걸한다는 뜻보다는 떠돌아다니면서 거리에서 살기를 택한 사람이라고 하는 게 더 맞다. 그는 무용수들 언저리를 누비고 다니면서 노는 것처럼 보였다. 그랬다. 그런데 그것이 '작품'이 되는 것은 역시 절제와 질서 때문이었다. 힘을 빼고, 구차한 설명 없이, 경쾌하고 자유롭고 가벼운 무엇, 의상도 무대도 프랑스적이지 않았고 심지어 무용수들도 프랑스 인은 몇 명 되지 않았지만 프랑스를 흠씬 느낄 수 있었다. 어떤 장르의 예술이든, 한국에서도 이런 작품이 나올 수 있을까?

갈로따 식으로 말하면, 마맘(Mammame)은 신인류, 말을 배우기도 전부터 사회로부터 격리된 세상에서 성장한 사람들이다. 마맘들은 의사소통을 언어로 하지 않는다. 괴성과 춤으로 모든 것을 표현한다. 갈로따는 이 춤을 카바스숄이라고 부른다. 마맘족이 사는 곳은 아르카딘 사막. 카바스숄은 춤을 안무로부터 해방시키는 한 방법이다. 마맘의 언어로 얘기하면, 용기의 춤, 장난스러운 춤, 절대주의적인 불확실성의 춤, 부정형의 예기치 않은 춤이다. 만약 이런 설명을 먼저 봤다면 공연을 보러 가지 않았을지도 모르겠다. 비평의 덧없음이라니!

미학적 긴장

필립 장띠(philippe Gentil)의 〈환상의 선〉을 보기 위해 안산 문화예술회관까지 갔다 왔다. 그런데, 왜 '환상의 선' 이라고 번역했을까? 원어는 ligne de fuite인데. '달아나는 선' 이라고 직역하는게 차라리 낫지 않을까? 내가 보기엔, 이 작품 속에서 선들은 끊임없이 달아나고 있다. 1시간 20분의 공연을 보기 위해 왕복 4시간을 투자해야 했다. 게으른 편인 내게 이 정도의 계산은 상당한 결심을 필요로 하는 일이다. '유명' 을 별로 신뢰하지 않는 편이지만 지난번 공연에 아주 만족했던 필립 장띠의 이름을 믿어 보기로 했다.

박수. 공연이 흡족스러웠을 때는 박수 소리가 저절로 커진다. 나는 박수를 어색해 하는 편인데 막이 내리자 스스로도 놀랄 만큼 내 손은 힘 있는 소리를 내면서 오랫동안 손뼉을 치고 있었다. 말이 무슨 필요가 있을까, 아니, 말로 표현할 수 있는 것이 얼마나 될까? 미학적 긴장이라고밖에 나로서는 달리 표현할 길이 없는 1시간 20분 동안 내가 본 것은 마술, 미술, 무용, 기계 혹은 기술, 인형 그리고 음악, 거기다 몇 개의 낱말과 문장. 필립 장띠는 이 모든 것을 사용해서 그 모든 것의 한계를 성큼 뛰어넘어 버렸다. 더 이상 새로운 것이 있을까 싶지만 오늘도 예술가들은 새로움을 찾아서 고행의 길을 떠난다. 그러나 구경꾼인 우리가 보는 것은 매번 '고행'일 뿐 '새로움'인 경우가 드물다. 한 편의 희곡은 어떤 연출을 만나느냐에 따라서 전혀 다른 작품으로 태어나는데 현대로 올수록 연출이 복잡하고 화려해져서 글로 된 연극 대본은 거의 의미나 재미가 없어 보인다. 이 작품의 경우도 그랬다. 단말마적인 몇 마디 낱말과 문장들은 마치 무대 위의 오브제처럼 등장할 뿐이다. 아니, 이 무대 위에는 오브제와 배우가 따로 없었다. 오브제라고는 조명과 여섯 개의 의자, 마술쇼에서 쓰는 몇 가지 소품들이 전부였다. 그리고 무엇보다도 20센티에서 3미터에 이른다는 몇 개의 인형들. 인형들은 배우가 되고 배우들은 인형이 되었으며 무대 위에서는 수평 이동만이 가능하다고 생각했던 나의 고정관념을 비웃기라도 하듯 배우들은 수직으로 움직이고 있었다. 그것도 자유자재로! 무중력 상태…… 새로움들이 표류하는 이 무대는 변화무쌍하다. 그 빠른 속도 때문에 무거운 주제에도 불구하고 관객들은 유쾌하게 공연을 즐길 수 있다. 심연, 희생자. 그것에 대해서 말하는 작품은 많다. 이 작품은 한 걸음 더 나간다. 우리는 희생자일 뿐만 아니라 또한 우리 자신의 살인자이기도 하다는 것. 살인자라는 그 끔찍한 말은 내게 예기치 못한 아픔으로 다가왔다.

공연이 다 끝나고 나서야 나는 배우가 여섯 명뿐이라는 걸 알았다. 그 사실은 또 엉뚱한 감동을 주었다. 내면 연기 어쩌고 하는 허풍은 끼어들 자리가 없이 바삐 움직이는 몸과 정교한 과학적 계산이 만들어 내는 무대였다. 그 모든 것을 여섯 사람이 다 보여 주었다니. 어쩐지 그들은 땀을 흘리지도 않고 싱긋 웃으면서 마술을 부렸을 것 같은 착각이 들었다. 즐거운 예술!

고흐의 도시에는
고흐가 없다

고흐에 대해서 관심을 가지기 시작했던 것은 아를르에서였다. 고흐의 그림을 싫어하지 않았었지만 그가 귀를 잘랐다거나 불우하게 살았다거나 광기에 사로잡혔다거나 고갱과 싸웠다거나 하는 것들은 내게 특별한 울림이 없었고, 소용돌이 모양으로 칠해진 그의 원색이면서도 뭔가 간접적인 느낌을 주는 색채들은 교과서에서 하도 봐서 그런지 별로 감동이 없었다. 다른 사람들도 그런지 모르겠다. 내가 유명한 모든 미술품들 앞에서 느끼는 것은 감동을 거세 당한 것 같은 불행함이다. 루브르에 갔을 때도 그랬고, 바티칸에 갔을 때도 그랬고 로마와 피렌체의 크고 작은 미술관들을 둘러볼 때도 그랬다. 아를르에 도착하면 가장 많이 보이는 것이 '고흐'다. 그 도시는 온통 고흐를 팔아먹고 사는 것 같았다. 그래서 자연스럽게 내 안에는 고흐에 대한 반감이 자라나기 시작했다. 그런데 그 도시에 너무 오래 있었던 걸까? 어느 날 고흐가 동생 테오에게 쓴 편지를 묶어서 만든 두툼한 책을 읽게 되었다. 쉬는 시간에 읽기에는 좀 두꺼운 책이었지만 일에 치이면서도 나는 웬일인지 그 책을 잠도 잘 못 자고 읽기 시작했다. 편지글 특유의 매력에다가 글을 쓰는 사람의 글이 아니라서 다듬어지지 않은 표현이 많았고 문체에는 거친 매력이 있었다. 집요하고 불행했던 그의 영혼을 마구 쏟아 놓은 느낌이 고스란히 전해져 와서 강박적으로 고흐에 대해서 생각하기 시작했다.

그 책을 읽고 나서야 비로소 나는 고흐의 그림을 제대로 보고 싶다는 생각이 들었다. 거리에 넘쳐 나는 것은 세상 어디에서나 볼 수 있는 흔한 복제화들뿐이었으니까. 그런데 지도를 뒤져서 찾아낸 어떤 고흐

관련 단체에 가서 내가 들은 대답이라고는 놀랍게도 그 도시에는 고흐의 그림이 한 점도 없다는 사실이었다. 언뜻 이해가 되지 않았다. 고흐의 도시 아를르에 고흐의 그림이 하나도 없다? 붕어빵에는 붕어가 없다라는 말처럼 농담인가 무슨 속임수인가 싶고 허탈했다. 내가 보고 싶었던 것은 그의 초기 데생이었다. 연필이나 목탄으로 가난한 사람들을 그린 어둡고 강렬한 데생 작품들. 조사를 통해서 알게 된 것은 파리에서도 그 그림들은 볼 수가 없고 암스테르담에 가야 한단다. 그때부터였다. 언젠가 암스테르담에 가서 고흐의 그림을 음미해야겠다는 꿈을 간직하게 된 것은. 가슴 속에 수련을 품고 나선 첫 파리 여행에서 에펠탑도 루브르도 관심 없고 오로지 지베르니의 모네와 수련만 들여다보고 왔던 어여쁜 그림책 『모네의 정원에서』(크리스티나 비외르크 글, 레나 안데르손 그림, 미래사, 1994) 속의 아이 리네아처럼. 마음에 담고 있으니 그런가 얼마 전 고흐에 대한 그림책을 번역할 기회가 있었다. 그 책에서 고흐의 불행을 “Story of not famous and not rich!" 딱 한 마디로 요약해 놓은 걸 보고 얼마나 통쾌했는지 모른다. 그게 고흐의 현실이었던 걸, 오늘날 박물관을 둘러보는 아이들이 어떻게 짐작할 수 있을 것인가. 그림 한 점이 수백만 달러 경매에 붙여지는 고흐가, 살아 있을 때는 유명하지도 부자도 아니었다는 사실을 아이들이 이해하는 과정만큼이나 세상과 인간을 이해하는 일이 어른에게도 유쾌할 수는 없는 걸까!

사랑(들)을 말하는 방식

아침부터 날씨 타령으로 시작한 칙칙한 하루, 아무도 없는 집에 들어가서 혼자 서성댈 엄두가 나지 않아 영화를 보기로 했다. 가는 길에 딸아이와 연락이 되어 함께 영화를 관람했다. 〈비포 선셋〉은 사랑에 대한, 생각보다 경쾌한 영화였다. 죽음과 사랑을 빼고 예술을 이야기할 수 있을 것 같지 않지만 또한 죽음과 사랑에 대해서 어떤 장르든 아직도 할 말이 남았을까 싶기도 한데, 이 영화가 사랑을 말하는 방식에는 나름대로 새로움이 있다.

파리의 풍경이 펼쳐지기는 하지만 오로지 주인공 남녀의 대화로만 서

사가 진행되면서도 대사에 의존하는 영화의 지루함을 훌쩍 넘어서고 있는 것은 단속적인 이야기들의 간격을 메워 주는 카메라의 힘 덕분일 것이다. 그렇게 짧게 끊어 낸 이야기들을 빠른 템포의 대화 속에 녹여 넣으면서, 단 하룻밤의 사랑으로 불타올랐던 연인들이 9년 후에 재회하여 '사랑(들)'에 대해서, 그리고 자신들에 대해서 쉬지 않고 '말'하는 영화를 딸과 함께 보면서 나는 열여섯 살짜리 아이가 저 대사들에서 무엇을 이해할까 싶었다. 좀 더 정확히 말하자면, 저 가벼움이 얼마나 복잡한 인생에서 나오는지 알 수 없는 아이들이 무엇을 감지할까 싶었다. 그리고 그 '드라마'들을 눈으로 볼 수 있도록 해 주지 않는 카메라에 지루해하지 않을까 싶었다. 그러나 정작 아이는 꽤 몰두했던 모양으로, 영화가 끝나자, "짧은 것 같은데 벌써 한 시간 반이나 지났단 말야?" 하고 의심스러워 했다.

하루치의 무거움과 지겨움을 산뜻하게 정리해 준 영화를 보고 돌아오는 길, 집에 들어가는 대로 바로 공부하기로 한 아이는 세 시간째 피아노를 두드리고 있고, 나는 손으로는 살림살이를 만지면서 머리로는 영화의 첫 장면을 되새기고 있다. 9년 전의 이야기를 소재로 베스트셀러 작가가 된 주인공이 서점에서 사인회를 하는 바로 그 장면. 파리의 오래된 서점들이 다 그렇듯 바닥부터 천정까지 책꽂이가 꽉 들어찬 좁은 공간에 몇 사람 안 되는 독자와 기자와 작가가 질문과 대답을 주고받는 그 장면은 무척 인상적이었다. 서울 대형 서점 사인회 장면이 오버랩되면서 부러웠다. 출판사에서 나눠 준 책을 든 독자들이 길게 늘어선 줄, 꽃다발과 카메라, 그리고 연예인처럼 일방적으로 사인을 해야 하는 작가, 그 모든 것들이 만들어 내는 피로감. 달라도 너무 달랐다. 이 영화 덕분에 이제는 관광지가 된 그 서점은 노트르담 성당을 바라보고 있는 작은 동네 서점 분위기다. 책이 만들어 내는 풍경 구석구석 쉬거나 이야기를 나눌 수 있는 허름한 가구들이 숨어 있고 고양이가 책 위에 그림처럼 앉아 있던 그 책방. 파리에서도 북페어가 아닌

곳에서 사인회를 하는 것은 본 적이 없어서 그런지, 나와 무관하지 않아서 그런지 영화 속의 그 장면이, 다른 사람들의 눈에는 별로 띄지 않지만 격식이 존중되는 조촐한 행사가 유독 오래 남는다. 아, 역시, 작고 조용한 것들이 좋다.

Talk to her

빨강색 바탕의 포스터에 옆 얼굴만 커다랗게 담긴 여자 알리싸, 그녀는 깨끗하고 눈부시게 아름답다. 그런데 영화를 본 지 며칠이 지나도록 뇌리에 남은 것은 그녀가 아니라 베니그노의 얼굴이다. "저런 저능아!" 이 한 마디 대사가 사람들(사람들? 사람들은 누구일까?)이 그에 대해서 어떻게 생각하는지를 단적으로 보여 준다. 과연 〈그녀에게〉는 식물인간이 된 알리싸를 '헌신적인 사랑'으로 돌보는 남자의 이야기인가? 나는 그렇게 알고 영화관에 갔지만 영화관을 나오면서는 의문과 회의에 휩싸였다.

무엇보다도 이 영화는 몸으로 가득하다. 각각 무용수와 투우사인 두 여성, 알리싸와 리디아의 몸, 그리고 피나 바우쉬의 춤으로 보여 주는 몸들의 이미지. 지금도 눈에 선하다. 단순한 선의 검은색 드레스를 입은 여자들의 늙고 가는 몸들이 허물어지고 일어난다. 리듬…… 전신이 마비된 젊은 여자가 하얀 바탕에 빨강색 꽃무늬가 있는 드레스를 입고 근육질의 남자들에 들려 움직인다. 물결처럼. 한 남자는 마이크를 입 근처에 대 주기 위해 그녀의 움직임을 날렵하게 쫓아다닌다. 그 입에서 흘러나오는 것은 으- 으- 으- 신음뿐. 눈동자는 살아 있었던가……? 그리고 식물인간이 되어 병상에 누운 알리싸의 아리따운 몸. 카메라 앵글이 잡아낸 '부분' 으로서의 몸. 이 모든 몸들은 분명 사람 혹은 사랑과 따로 존재하는 이미지들이었다. 그래서 그 몸을 마사지하는 베니그노의 손에 머무르는 카메라도 알리싸 아버지의 의심과는 반대로 전혀 페티시즘을 생각나게 하지 않았다.

그런데 몸으로 가득한 이 영화는 전혀 에로틱하지 않다. 그것은 순전히 베니그노 때문이라고 생각된다. 그는 춤추는 알리샤를 바라보며 그녀에게 반하지만, 코마상태에 빠진 그녀를 수 년간 돌보며 행복해하지만 그것은 '헌신'이나 '사랑'이라기보다는 즐거움, 혹은 행복 그 자체로 보였다. 사랑의 모든 위험한 요소들이 쏙 빠져 있는 담백하고 순수한 어떤 상태. 리디아나 마르코가 각각 겪은 지독하고 치명적인 사랑의 이야기들(짧게, 과거형으로, 조각조각 드러나는)은 베니그노의 천진한 모습을 도드라지게 보여 주는 어둠 역할을 톡톡히 하고 있다. 베니그노는 사람들이 사랑이라고 부르는 것에 오염되지 않은 인물이다. 알리샤와의 관계도 마르코와의 관계도 그의 '특이한 성적 취향'을 설명해 주지 못한다. 마침내 알리샤를 살려 낸 것은 그이지만 그는 현실 바깥으로 탈출할 수밖에 없는 슬픈 운명이다. 나한테만 그런 걸까. 베니그노의 비극에서는 이상하게도 폭력적인 어둠이 느껴지지 않았다. 대개의 영화는 몸과 사랑 그리고 사람을 이리저리 버무려서 이야기를 만들어 내는데 이 작품은 몸과 사랑 사이에, 사랑과 사람

사이에 그리고 몸과 사람 사이에 간격을 설정해 두었다. 그 간격 혹은 거리는 관객으로 하여금 극에 몰두하거나 감정과잉 상태에 빠지지 않고 적절한 긴장을 유지하게 만든다.
베니그노라는 특이한 인물을 별다른 매력이 없는 평범하고 선량한 얼굴을 한 배우에게 맡긴 것은 몹시 탁월한 선택이었다는 생각이 든다. 그러나 과연 그는 특이한가. 우리 모두 어느 정도는 베니그노 같은 건 아닐런지. 나는 자꾸 베니그노가 어린아이 같다는 생각이 든다. 자기가 경험하지 않은 것은 안다고 생각하지 않는 게 아이들 아닌가 말이다. 리디아나 마르코가 한눈에 주연급의 흡인력을 발산하는 반면 베니그노는 강렬함이라고는 하나도 없어서 영원히 조연의 자리에 머물 것만 같아 보였다. 그래서 더 리얼해 보였다. 또한 현대적인 다른 모든 것들과는 달리 이 작품에는 '장난' 도 없다. 그래서 더 진지하고 슬퍼 보였다.

Talk to her. 작품의 원래 제목이다. 말이라는 게 본래 거리를 전제로 하는 거니까 작품의 핵심을 잘 보여 주는 제목이라고 생각한다. 그런데 어쩐지 좀 산문적으로 느껴진다. '그녀에게' 라는 번역이 원제보다 더 울림이 있어 보인다. 아, 세상 모든 사랑들은 얼마나 쉽게 말을 없애 버리는가!

시가 밥 먹여 주냐

시가 밥 먹여 주지는 않지만 배고픔을 잊게 해 준다. 그림은 외로움을 달래 준다. 음악은 적막함을 덜어 준다. 그것들은 직업이 아닌 경우에 특별히 더 그렇다. 아마추어리즘이 그래서 귀하다. 다만 스노비즘과 아마추어리즘의 경계를 구별하기가 쉽지 않다는 문제가 있다.

이창동 감독의 영화 〈시〉를 보고 와서 든 생각이다.

어제 저녁 영화가 끝나고 바로 이어서 이창동 감독과의 대화 시간이 있었다. 객석은 가득 찼고 질문하려고 손을 드는 사람들도 아주 많았다. 무대 위의 감독은 감격했다. 질문을 하는 사람들은 주로 20대로 보이는 젊은이들이었는데 날카롭게 영화 속의 모티브들을 짚어서 따져 묻기도 했지만 여러 사람이 이 영화가 흥행이 안 되는 이유를 알겠다는 식의 말을 하자 객석을 메운 사람들이 모두 웃었다. 앞으로도 계속 이렇게 '안 되는 영화'를 할 생각이냐는 좀 심한 질문을 하는 젊은이도 있었다. 주의 깊게 듣고 있던 이창동 감독은 이렇게 대답했다.

"내가 지금까지 영화를 5편 찍었다. 4번째까지는 흥행에 성공했다. 손익 분기점이라는 걸 넘겼다는 뜻이다. 5번째 영화인 이번 영화가 실패한 거 같다. 그러니 흥행률 80%다. 괜찮은 성적 아닌가. 그 대신 이번엔 관객과의 대화 자리를 여러 번 가졌다. 그게 나한테는 굉장히 소중한 경험이다. 작품성도 있고 흥행에도 성공하는 영화란 아주 드물고 힘들다. 내게는 그런 재능이 없다. 자기가 하고 싶은 작품을 하지 않는다면 작가라고 할 수 있겠나."

대략 이런 내용이었는데 시종일관 차분하고도 느린 말투로 관객들의 공격적인 질문에 대응하고 있던 그의 인간성에 집중하고 있던 나는 이 대답을 듣고 결정적으로 그가 멋있는 사람이라고 생각하게 되었다. 봉준호 감독도 예로 들고, 1000만 관객을 동원했던 영화 이야기도 하면서, 그러나 흥분도 변명도 없이 간단하게, 지금까지 찍었던 4편의 영화가 다 흥행에 성공했다고 말하다니. 그렇게 생각하는 것은 그 영화관에서 이 감독 혼자뿐인 거 같았다. 그리고 그의 생각은 그대로 관객들에게 가하는 일침으로 보였다. 도대체 얼마나 많은 돈을 벌어야 성공이라고 생각하는가, 라는 물음이었다. 사실 당연한 발언임에도 불구하고 요즘 세상에는 전혀 평범해 보이지 않는 발언이다. 장르를 불문하고 세상 모든 작가들이 작품을 통해서 인간을 탐구하고, 자기 스타일을 찾는 일보다는 관객(독자)의 마음에 드는 일을 성공의 기준으로 삼고 있기 때문이다.

나오면서 이창동 감독의 나이를 확인해 보았다. 1954년생. 내가 관객들의 질문에 모두 대답할 수 있을 것같이 느꼈던 것은 어쩌면 시대적인 감수성 때문인지도 모르겠다. 한 인간의 가치관에 미치는 시대 사회적인 영향은 그만큼 크다. 그렇다면 보기 드물게 급변해 온 한국 사회 속에서 세대 간의 소통은 불가능한 것일까. 자기와는 다른 세대에 속하는 어린이 · 청소년을 위한 작품을 쓰는 작가들은 그렇다면 어떤 장단에 춤을 춰야 하는 것일까.

운명의 바람

“명작이 무엇인지 알려주는 영화. 너무 감동적이다.” 〈보리 밭에 부는 바람〉에 대한 타임지의 평이다. 동감한다. 켄로치 감독은 격동에 휘말렸던 아일랜드 역사의 한 장면을 통해서 이라크전에 대한 미국과 영국의 태도를 비판하고 싶었다고 했지만 그것은 그대로 미국과 소련의 전쟁에 휘말렸던 한반도의 이야기이기도 했다.

이상주의자는 언제나 연약한 이미지를 풍긴다. 아니 감성적이고 연약하기 때문에 이상주의자일 수 있을 것이다. 그렇다면 현실주의자는 강인한가? 모르겠다. 영국과의 타협을 원했던 현실주의자 형이 의사로서의 화려한 미래를 포기하고 독립운동에 모든 것을 건 동생을 쏘아 죽이는 설정은 그다지 낯설지 않다. 그러나 분명 살 떨리는 감동으로 다가온다. 명작 실감.

무엇으로부터 해방되고자 하는지 아는 것은 어렵지 않지만, 무엇을 원하는지 아는 것은 어렵다며 '세상의 왼편에서 진실을 외치는 시네아스트' 켄로치(Ken Loach). 여러 가지로 어수선한 몸과 마음으로 도망치듯 영화관으로 숨어 들었다.
그러고 이틀이 지났다. 정신이 없다. 날이 춥다. 시간이 없다.

통제의 한계

짐 자무쉬(Jim Jarmusch)의 〈리미츠 오브 컨트롤〉을 보았다. 요즘 영화는 왜 제목이 이런지 모르겠다. 전 국민이 영어에 능하다고 가정을 해도 이렇게 소리 나는 대로 옮겨 적어 놓아서야 원! 요새 슬금슬금 영화를 꽤 보고 있다. 그러고 보니 영화 보는 것도 많이 달라졌다. 무언가 잊고 싶어서 영화관에 가는 것이다. 머리를 쓰고 싶어서 영화관에 가던 시절도 있었는데…….

액션 영화를 더러 보기는 했지만 좋아하지는 않는다. 이번에도 같이 가는 사람이 고른 거라 말없이 따라 갔지만 속으로 〈놈놈놈〉이나 〈퍼

블릭 애너미〉같이 시끄럽고 재미없는 영화가 떠올라 그냥 봐 주자, 하는 기분이었다. 그런데 웬걸. 처음부터 짐 자무쉬 영화인 줄 알았으면 마음가짐이 달랐을 것이다. 아무 생각없이 들어갔다가 거의 졸 뻔했던 단조로운 영화는 진행될수록 이상한 매력을 발했다. 킬러 역할의 주인공이 내뿜는 흔들림 없는 카리스마와 조용한 아름다움이 돋보이는 화면들도 한몫했지만 반복되는 난해한 대사들에 깔린 짙은 허무의 힘이 나를 집중하게 만들었다.

"자기가 최고라고 생각하는 사람은 무덤에 가 봐야 한다.
거기서 한 줌의 흙을 보게 될 것이다."
"우주에는 중심도 변방도 없다."

처음에는 무슨 인용문인가 싶었던 이 대사들은 모조리 킬러가 접선하는 인물들의 입에서 나온다. 보헤미안의 후예들에게 어울리고, 임무를 수행하는 그들을 세뇌하여 공동 운명체로 만들기에 적합해 보이는 이데올로기다. 잡목들이 자라는 황량한 골짜기 한복판에 있는 황당하게 모던한 요새에서 모든 것을 통제하는 인물과 킬러가 마주한 마지막 부분에 가서 이야기가 터져 나오면서 한순간에 정리되어 버린다. No limits, No control. 킬러가 속한 집단의 사람들이 어떤 위반을 하는지, 그게 사회에 어떤 영향을 미치기에 그들이 범죄자들인지, 그들을 통제하려는 수사당국이 사용하는 최첨단의 시설이 과연 현실적으로 가능한 것인지 등등. 기본적인 드라마의 문법에 대해서 감독은 아무 말하지 않는다. 하긴 그게 무슨 소용이랴. 이미 관객 모두가 알고 있지 않은가. 모든 첩보 영화의 기본 골격. 감독은 앙상한 뼈대만을 이용해서 전혀 다른 이야기를 하고 있다. 정열의 붉은 색으로 익숙한 스페인을, 무채색으로 그려 보이고 박물관의 그림 혹은 액자의 프레임으로 표현한다. 현실과 가상의 경계를 느릿느릿 흔들면서 짐 자무쉬는 다양한 조연들로 하여금 주문처럼 발설하게 만든다.

"현실은 자의적인 것이다"

"인생에는 어떠한 가치도 없다"

이렇게 믿는 그들의 삶이 현실이 아니라 가상현실에 가 있는 것은 당연하다. 그러나 어떤 것이 진짜일까? 진짜라니, 진짜 혹은 실체란 의문을 품지 않는 곳에만 존재한다! 예술의 본질이 그렇듯 이 영화는 질문을 던진다. 본질에 대해 의심해 보지 않고 실체를 무작정 믿고 사는 사람들에게, 인생이 과연 그러한 것이냐고. 다행히 영화는 철학이 아니라 예술이라서, 감독은 이 질문을 물고 늘어져서 관객을 머리 아프게 하기보다는 매혹적인 영상으로 위로한다. 방치된 자연의 아름다움과 고도의 절제미를 보여주는 스페인의 건축과 미술, 킬러가 처음부터 끝까지 구사하는 기공체조 같은 운동, 그가 마지막에 다다른 자그만 시골 역에서 만난, 어이없이 성장을 한 늙은 동양 여인의 모습, 그리고 되풀이되는 두 잔의 에스프레소와 릴레이처럼 이어지는 옛날 분위기의 성냥갑, 실내가 온통 얇은 천들로 뒤덮인 폐가의 창으로 새어드는 햇빛…….

허무는 허무로밖에 위로 받을 수 없는가. 감독의 의도와 관계없이 나는 위로를 느꼈다. 그리고 엉뚱한 생각을 했다. 인간은 일상과 건강과 행복만으로 살 수 있는 게 아닌데 아이들에게 우리는 그렇게 가르치고 있다. 그래야 하니까. 어쩌면 어른인 우리가 생을 버티고 살 수 있는 것은 그렇게 배운 기억 때문인지도 모르지만 더 이상 아이가 아닌 나는 때때로 그 일이 너무 지루하고 힘들고 지친다. 한동안 글을 쓰지 않고 지냈다. 그래서 그런가, 이 짧은 글을 몇 시간에 걸쳐서 썼다. 그러나 쓰지 않고 지내는 날들은 더 힘들다. 비가 없는 이상한 올해의 장마처럼, 아열대로 변해 간다는 더위처럼. 여름의 끝자락, 창밖에서 길게 늘어지는 매미 소리가 들린다. 그렇게 들어서 그런지 사그라드는 느낌이다. 올해는 유난히, 아니 처음으로! 매미의 사체를 많이 보았다. 깜짝 놀라게 커다란 껍데기들. 박제의 느낌. 어젯밤에는 심지어 길거리에 떨어져 있는 매미 사체에 파리들이 모여서 파먹고 있는 걸 봤다. 무심. 생이 이렇게 흘러간다.

중요한 것은 가르칠 수 없다

며칠 전 제천국제음악영화제에서 봤던 〈조르디 사발과 보르기아스〉의 대사 한마디가 뇌리에서 떠나지 않는다. 조르디 사발의 온화하고 준수한 외모, 그리고 고색창연한 스페인의 거리 풍경과 함께. 비올라 연주자이면서 지휘자, 음악 학자이자 음반회사 대표인 그가 이 영화에서 주연배우로 출연했다. 음악에 문외한인 나는 조르디 사발이 누구인지도 모르고 본 영화였는데 '보르기아스'라는 뮤지컬을 제작하는 과정을 다큐 형식으로 찍으면서 음악에 대해서 말하는 이 작품을 보면서 조르디 사발과 그 스탭들 그리고 스페인의 색채에 푹 빠져들었다. 근친상간과 피로 얼룩진 보르기아스 가문의 이야기를 엄청난 자료 더미를 뒤지면서 뮤지컬로 복원하는 그의 삶은 참 행복해 보였다. 전 세계에서 스카웃해 온 연주자들과 마스터 클래스를 진행하면서 연주를 하는 모습이 아주 인상적이었는데 그가 연주자들을 가르치면서(학생들이 아니라 그와 함께 공연을 할 이미 연주자인 사람들) 인터뷰어에게 이렇게 말했다.

"여기까지예요. 예술은 가르칠 수 없어요"

활을 잡는 법, 관절을 움직이는 법, 호흡법 등 현악기를 다루는 기본적인 몸의 자세만 가르치는 것을 보고 의아해하던 중이었다. 저런 것은 초보자들한테 가르치는 것 아닐까? 하던 중이었다. 악보를 읽는 것은 기본이고 제대로 된 자세를 잡고 그 다음에 감정을 싣는 것은 연주자 개인의 몫이라는 것이다. 가르칠 수 없다는 것이다. 왜 안 그렇겠는가. 음악이든 글이든 그림이든 연기든 모든 예술이 그럴 것이고 예술뿐만 아니라 인생도 그런 거 같다. 자식이든 제자든 가르친다고 하지만 인생에서 중요한 것들은 가르칠 수가 없는 거 같다. 다만 스스로 터득할 수 있도록 자세를 잡아 주고 환경을 조성해 줄 수 있을 뿐인 것이다. 이런 말이 가슴에 와 닿는 것은 새로워서가 아니라 당연해서일 것이다. 그리고 사람들은 참으로 어리석게도 당연히 알고 있는 것들에 대해서는 거의 생각하지 않기 때문에 알고 있는 것과는 반대로 행하는 것이다.

대사 한마디에 마음이 편해졌다. 그 대사를 만들어 낸 아우라의 힘이 그만큼 강력한 탓이겠지만! 스페인어와 불어로 된 대사를 영어와 한국어로 된 자막으로 바쁘게 듣다가, 읽다가, 번역의 아쉬움에 분개까지 하면서 정신없이 본 영화라 제대로 기억하지 못하지만 단순하고 당연하고 좋은 대사들이 참 많은 영화였다.

TE MO와 TE AMO

후안 호세 캄파넬라(Juan Jose Campanella) 감독의 〈El secreto 비밀의 눈동자〉를 봤다. 같이 간 친구가 고른 영화고 나는 영화가 시작하고 나서야 겨우 입장할 수 있었기 때문에 사전 지식 하나 없이 본 영화다. 나는 이렇게 그 영화에 대해서 아무 것도 모르는 채로 영화를 보는 게 좋다. 그렇게 본 영화가 마음에 들면 뜻밖의 선물을 받은 것처럼 즐거움이 두 배가 된다. 이 영화는 플롯으로 보나 의미구조로 보나 복잡한 영화임에도 불구하고 딱 편안하게 볼 수 있도록 만들어져 있었다. 그게 신기했다. 스릴러와 로맨스와 독재정부. 세 가지를 하나의 작품에 담으면서 감독은 로맨스에 손을 들어 주고 있다. 왜 그랬을까?

제목에도 '눈동자'가 있지만 25년 전에 싹트던 사랑이라는 알맹이가 빠진 껍데기뿐인 삶을 사는 두 주인공 벤야민 에스포지토와 아레네 멘데스 헤이스팅스의 강렬하고 우아한 눈동자는 참으로 아름답다. 사랑으로 가득한, 알지 못하는 무언가에 대한 두려움과 열정을 동시에 뿜어내는 두 사람의 눈길, 눈길들. 감독은 로맨스를 원했다지만 원작 소설의 '눈동자'는 그러나 다른 뜻이었을 것 같다. 스릴러의 축을 이루는 강간 살인 사건. 그 범인의 눈길. 다른 남자의 약혼녀를 바라보는 그 눈길이 찍힌 사진에서 벤야민은 범죄를 직감하고 그를 찾아 나선다. 이 장면은 벤야민의 동료인 산도발이 범인을 찾아내기 위한 단서로서 '남자에게는 바꿀 수 없는 열정'을 짚어 내며 범인이 축구광임을 밝혀내는 장면과 함께 이 영화를 스릴러로 만들어 주는 아주 중요한 나사와도 같은 역할을 한다. 그러나 이런 장면들은 이 영화에서는 보통 스릴러에서와는 달리 두뇌게임이 아니라 시적인 직관으로 빛난다. 어느 법원에나 혹은 어느 부패한 정부에나 있을 법한, 무능해 보이지만 고집스럽고 인간적이며 천재적인 데가 있는 늙은 주정뱅이 산도발은 살인 사건으로 아름다운 아내를 잃은 모랄레스와 함께 이 영화에 없어서는 안 될 조연들이다.

영화를 보고 와서 의문스러운 점이 있어 몇 가지 기사를 읽어 보았다. 그러나 다들 '지고지순한 사랑'에 대해서만 이야기하고 있다. 신혼의 모랄레스가 아내를 잃고 방황하고 범인에 대한 복수심으로 불타는 건 물론 사랑 때문일 것이다. 벤야민이 그 사랑에 감동하는 것도 그 자신이 아레네를 향한 가망 없는 사랑에 빠져 있기 때문일 것이다. 그러나 독재정부가 단죄하지 않는 강간 살인범 고메스를 '평생 무의미한 삶을 살도록' 만들어 버리는 모랄레스의 검은 열정에 대해서 감독은 별로 많은 것을 보여 주지 않는다. 영화의 결말이 원작 소설과는 다르다고 하는데 고메스와 모랄레스에 대해서 시나리오 자체가 너무 많은 것을 생략하고 있기 때문이 아닌가 하는 추측을 해 본다.

벤야민이 영화 속에서 쓰고 있는 소설 속에서 현실의 살인 사건과 진실은 기억에 의해서 편집되고 상상과 사실 혹은 사랑과 두려움 사이를 넘나든다. 스페인어로 TEMO는 두려움 TE AMO는 '너를 사랑해'라는 뜻이라고 한다. 벤야민이 사용하는 낡은 전동 타자기는 A 자가 찍히지 않는다. 그러니 TE AMO는 TE MO가 될 수밖에 없다. 한 번의 결혼과 여러 번의 연애에서 실패한 벤야민은 결국 손으로 A 자를 써 넣음으로써 두려움을 사랑으로 바꾸어 내지만 마치 '결혼해서 행복하게 살았습니다'로 끝나는 동화를 보는 것처럼 내게는 결말이 공허하게 느껴졌다. 이루어지든, 이루어지지 않든 사랑은 끝난다. 끝이 있기 때문에 '이야기'가 되는 것이다. 모든 사랑은 한 편의 아름다운 이야기가 아니던가. 영화는 끝났는데 나는 벤야민의 소설 속에 들어가지 못하고 이야기 밖으로 밀려나 버린 25년의 시간에 대해서 이의를 제기하고 싶다. 내가 읽을 수 없는 스페인어로 된 원작 소설은 그 부분에 대해서 말하고 있을 거라는 근거 없는 확신까지 든다. 모랄레스와 고메스 그리고 독재정부를 간단하게 줄여 버린 '두려움'이 한껏 얇아져 있는 이 영화를 워너 브라더스에서 리메이크한다고 한다. 살인 강간 사건, 25년을 넘나드는 로맨스에도 불구하고 이 영화에는 폭력과 섹스가 없다. 빠져 있는 그 코드로 이 영화는 헐리우드 식으로 재해석되어 우리 앞에 다시 나타나는 것일까. 흥행에 실패할 것이라는 애초에 예상을 뒤엎고 이 영화는 손익분기점을 넘기고 개봉관이 점점 늘어나고 있다고 한다. 그러고 보니 사람들이 좋아하는 영화는 섹스가 아니라 사랑에 대한 영화다. 그러나 흥행에 성공하는 영화는 그 반대다. 아이러니다.

케빈에 대해
얘기해 볼 필요가 있다

지난 주말에 〈케빈에 대하여〉를 봤다. 이 영화의 원제는 〈We need to talk about Kevin〉이다. 영화는 에바(케빈의 어머니)의 이야기로 되어 있지만 영화를 보고 나면, 정말이지 케빈에 대해서 이야기를 해 봐야 할 것 같은 생각이 든다. 영화를 보는 내내, 보고 나서도 오랫동안 관객을 불편하게 만드는 이 영화는 여러모로 잘 만들어진 작품이다. 그러나 나의 관심은 평소와는 달리, 영화의 예술성이 아니다. 그보다는 감독이 혹시 관객들에게 정말이지 케빈에 대해서, 케빈으로 상징되는 이 시대의 아이들에 대해서 생각해 보라는 주문을 하는 게 아닐까, 골똘이 생각하는 중이다.

끔찍한 사건이다. 버지니아 총기난사 사건 같은 일이 간혹 일어나기는 해도 그 사건의 주인공이 케빈처럼 자기 친아버지와 동생까지도 죽였다는 얘기를 들어 본 적은 없다. 케빈은 왜 그랬을까. 영화의 마지막 장면이 생생하게 기억난다. 아버지와 동생을 쏘고, 선생님과 친구들을 쏘고 재판을 받은 케빈이 수감된지 2년째 되는 날, 에바는 케빈에게 면회를 간다. 첫 번째 면회 장면이 고통스런 침묵이었던 것과는 달리 이 날의 면회 장면은 뜨겁다. 주도면밀한 케빈은 열여덟 살이 되므로 이제 '일반' 교도소로 옮겨진다는 것에 대한 두려움을 엄마에게 표현하고, 엄마는 아들에게 도대체 왜 그랬는지 말해 달라고 요구한다. 두 사람 사이에 한 번도 오고 간 적이 없는 진심이 드러난 대화이다. 아들이 엄마에게 일반 교도소가 어떤 곳인지 알기나 하느냐고 소리를 질러도 엄마는 냉정한 듯 대답을 하고, 엄마가 아들에게 왜 그랬냐고 절절하게 물어도 아들은 무심한 듯 모르겠다고 말한다.

이 이야기를 과연 해피 엔딩으로 봐야 할지 모르겠다. 그러나 나는 영혼이 초토화되어 버린 여자 어른과 주체할 수 없는 분노를 화살에 담아 마구 쏘아 버린 남자아이, 혹은 에바와 케빈이 화해를 했다고 생각한다. 모르겠다고, 그때는 알았는데 지금은 모르겠다는 아들의 대답은 엄마에 대한 증오까지 잊었다는 뜻일 것이며 그런 아들을 처음으로 뜨겁게 끌어안는 엄마는 뭔가를 이해했다는 뜻일 것이다. 이 영화의 유일한 가벼움은 음악인데, 마지막 무렵 흐르던 음악의 가사가 자막에 이렇게 흘렀던 것으로 기억한다.

그냥, 받아들이라고.

정말이지, 방법은 그것밖에 없어 보인다. 케빈의 경우나 케빈 엄마의 경우나 혹은 인생에서 맞닥뜨리는 치명적인 위험과 방해물에 대해서 우리가 할 수 있는 것은 그것밖에 없어 보인다. 원치 않는 임신, 이기적 혹은 주체적 자아와 모성, 그런 얘기를 하고 싶지가 않다. 에바가 도대체 무엇을 잘못했단 말인가. 그녀는 그냥 모르는 거다. 갓난 아기가 그렇게 울어댈 때는 그저 품어 주면 된다는, 거의 모든 여자들, 아니 사람들이 알고 있는 걸 단순히 모르는 것이다. 그걸 몰라서 에바는 괴물을 키웠고, 돌이킬 수 없는 비극의 주인공이 되고, '그 후로도 오랫동안' 세상 사람들의 폭력에 시달린다. 케빈이 학교의 모든 문을 걸어 잠그고 체육관에서 화살을 쏘고 있을 때 흘러나오던 노래 가사는 턱없이도 '나가자, 싸우자' 였다. 영국 영화였음에도 불구하고 학교 체육관에 미국 국기가 걸려 있었던 것이 어쩐지 그 노래와 어울리고 버지니아 총기 난사 사건을 직접적으로 떠올리게 했다. 하지만 내게는 그 '폭발' 이 청소년기에나 일어날 수 있는 우발적인 사고로 보인다. 익명의 다수를 향한 테러야 정치적인 이유라고 하지만 개인의 내면에서 일어나는 이런 폭발에 대해서 법으로 벌할 수는 있겠지만 도덕적으로든 정치적으로든 과연 올바름에 대해서 얘기할 수 있을까.

청소년들은 절대 어른들을 이해할 수 없다. 그래서 어른이 청소년을 이해해야 하는 것 아니겠는가. 에바를 소설가로 설정한 것은 그녀가 비록 케빈의 어머니였으나 어른이 아니었음에 대한 암시가 아니었을까. 결국은 케빈이 에바를 어른으로 만든다. 누군가의 엄마인 이상, 우리는 안전하고 지루한 삶을 견디면서 아이들을 보호할 의무가 있는 것이다. 슬픔이라고 하기에는 미안한 어떤 검은 감정이 영화가 끝나고도 오랫동안 나를 놓아주지 않는다.

어떤 항구도시의 이야기

주말에 EBS에서 〈르 아브르 Le Havre〉를 봤다. 르 아브르는 영국으로 가기 위한 관문 역할을 하는 프랑스의 항구도시이다. 인상적이었던 이 영화에 대해서 내가 하고 싶은 얘기는 형식상의 절제가 고도의 기교가 아니라 사람 살이의 소박함에 이르고 있다는 것이었다. 그런데 이 문장 하나를 쓰고 보니, 문득 이 영화, 진짜 르 아브르, 그 도시에 관한 이야기라는 생각이 든다.

내가 르 아브르를 잘 아는 건 아니다. 파리에서 런던으로 갈 때 두 번쯤 지나가 보았을 뿐이다. 그러나 그 도시는 뭔가 황량하고, 프랑스적인 세련미 혹은 장식이 전혀 없다는 느낌을 받았다. 그런데 이 영화가 꼭 그렇다. 출연하는 배우들은 모두 늙어서 얼굴에 주름이 가득하고 입은 옷들은 노동복이거나 오래되어 낡은 것들이며 거리에도 집 안에도 치장이라고 할 것이 아무 것도 없다. 사람들은 꼭 필요한 것들만으로 살아가는데 익숙하고 뭔가를 그냥 받아들이고 느릿느릿 행동에 옮기는 것이 눈에 보인다. 불법체류자 문제를 다루고 있음에도 불구하고 이 영화에는 정치사회적인 시각이 최소화되어 있다. 구두닦이와 세탁일만이 예수의 산상수훈을 실천하는 직업이라고 믿는 노인 마르셀이 아프리카 난민 소년 아드리사를 밀항시키는 이 이야기는 추리기법으로 흥미진진하게 만들 수도 있었을 것이다. 그러나 최소한의 볼거리와 최소한의 대사, 역시 최소한의 '드라마'로 축소시켜 버린 탓에 관객들에게 보여지는 것은 매양 사람들, 혹은 사람 살이다.

마르셀이 아드리사를 숨겨 주고 살려 주려는 모든 행동, 사실은 엄청난 노력, 그리고 그 이웃들의 도움은 마치 일상처럼 보인다. 그렇게나 이 영화는 잔잔하다. 마르셀이 아드리사의 할아버지를 찾아 나선 사이에 이 아이를 숨겨 주고 있는 이베트의 빵집에서 벌어지는 여자들의 수다 역시 두어 마디로 압축되어 있는데, 느리고 낮지만, 연극적으로 보일 만치 또렷하게 발음되는 그 언어 속에서 나는 감독의 시선을 읽었다. 딸이 결혼도 하지 않은 채 아이를 낳았다는 얘기들이 오가는 장면에서 동네 여인 하나가 이렇게 말한다. "두 남녀가 사랑을 하는데 왜 사회가 개입을 해야 하는 거죠?"

아드리사를 밀항시키기 위해서 필요한 돈을 모으기 위해 마르셀이 자선 콘서트를 준비하는 과정도 비슷하다. 마을의 유일한 가수를 움직이기 위해서 필요했던 것은, 돈이나 이념이 아니라 그의 영혼의 매니저라는 집 나간 아내다. 마르셀을 압박하며 수색 중인 경감 모네가 결국은 아드리사의 밀항을 눈감아 주는 것도 휴일을 빙자한 마음의 움직임이다. 좀 엉뚱하게 보이는 결말 부분, 마르셀의 아내가 죽을 병에서 살아난 것에 대한 '박사들'의 대사는 현대 의학으로 설명할 수 없는 일이 일어났다면서, 여기가 상하이도 아니고, 프랑스인데, 라는 농담이다. 프랑스어로 chinoiserie, '중국적인 것' 정도로 옮길 수 있는 이 낱말은 설명할 수 없는 것이라는 뜻이다.

불법 체류자들도 르아브르의 주민들과 똑같이 그냥 사람들이며, 사회나 법이 무엇을 필요로 하든지 간에, 개인들에게 사람 살이란 마음의 사용에 불과하다는 이야기를 감독은 카메라를 통해서 조용조용하게 보여 준다. 영화의 마지막 대사는 집으로 돌아온 마르셀의 아내가 밥상을 차리겠다는 말이다. 그것도 배우는 보이지 않고 카메라가 잡은 그들의 낡은 집 안쪽에서 울려 나오는 소리의 형태로. 밥상을 통해서 그렇게 이어져 갈 것이다. 그들의 일상, 혹은 우리의 인생은. 헐리우드식 영화가 판을 치고, 폭풍처럼 인기와 유행이 몰려다니는 이 세상에서 그래도 인간은 영혼으로 살아가고 있다는 말을 하는, 영화를 간간이 볼 수 있는 것은 정말이지 위로가 되는 일이다.

창문과 비둘기

오랜만에 영화를 보고 왔다. 〈아무르〉 남편과 함께. 크게 이야기거리도 없고 배경도 처음부터 끝까지 아파트 내부인 영화가 127분이라니 좋은 영화들이 그렇듯, 좀 지루하고 무겁지 않을라나 걱정 비슷한 걸 하고 영화관에 갔다. 모처럼 쉬고 싶을 땐 인내심이 필요한 영화를 보고싶지는 않기 때문이다. 그런데 영화가 끝나고 나서야 나는 두 시간이 그렇게 쉽게 흘러간다는 사실에 놀랐다. 딱 제목 같은 영화다. 수식어 하나 없는 사랑 대문자로 시작되는 Amour 혹은 그냥 사랑 그 자체.

써 놓고 보니 이야깃거리가 없는 게 아니다. 사랑의 모든 드라마를 어쩌면 그렇게 깔끔하게 압축할 수 있는가 싶다. 사랑하고 질투하고, 상처 받고, 계산하고, 돌아오고 살아남고 혹은 성공하거나 후원하고 배려하고 감사하고. 그 모든 이야기들은 잠깐잠깐 등장하는 젊은 인물들, 그러니까, 딸, 사위, 제자, 간호사 들에 투영되어 있다. 그리고 그것들은 언뜻언뜻 나타나는가 하면 벌써 사라진다. 그리고 늙은 아내와 남편은 다만 '지킨다'. 늙은 남편은 아내를 병원으로 보내지 않겠다는 약속을 지킨다. 그 약속은 마비된 몸을 가진 아내를 한결같이 인간으로 대하겠다는 약속이다. 그러기 위해서 그가 감당해야 하는 것은 때로는 비인간적으로 보이는 처사들이다. 두 번째 간호사를 해고하면서 그는 인정머리 없는 고집쟁이 영감을 연기해야 하고 감탄과 존경의 언어를 반복하는 아파트 관리인 부부에게는 적절하게 팁을 건네는 이상의 반응을 보이지 않는다. 엄마 걱정에 폭발할 것 같은 딸의 감정 앞에서도 흔들림 없이 자신이 해야 할 몫에 집중한다, 그리고 딱 그만큼만 말한다. 그리고 "Mal, Mal"(아파, 아파), 외마디 말만 반복하는 아내를 바라보는 자기 감정을 남편은 표현하지 않는다. 침대맡에서 옛날 이야기를 해 주면서 아이를 재우듯이 그렇게, '아파, 아파'만 반복하는 아내 곁에서 그는 '이야기'를 해 준다. 그 이야기에 아내가 진정된 틈에 그는 재빠르게 행동한다. 느릿느릿한 몸짓의 그가 처음으로 빠른 동작을 보여 준 장면이 인상적이었다. 정확해 보였다. 그랬다.

창문, 실내에서 진행되는 이 영화에서 창문은 바깥을 보여 주는 유일한 장치이다. 이 창문이 세 번 열린다. 처음, 비오는 날. 아내의 자살을 암시하기 위해서. 그리고 두 번은 비둘기 때문에. 집 안으로 들어온 비둘기를 남자는 열린 창문으로 몰아서 내보낸다. 처음에는 그랬다. 그러나 아내가 떠난 후에 비둘기는 한 번 더 찾아온다. 그리고 이번에는 남자가 비둘기를 담요로 덮어서 잡는다. 유서에서 그는 그 비둘기를 죽이지 않았다고 쓴다. 물론 비둘기도 비둘기에 대한 남자의 유언도 상징이다. 그런데 나는 왜 자꾸 비둘기가 거슬리나 모르겠다. 그냥 그랬다. 마음에 들지 않았다.

영화를 본 지 일주일이 지났다. 그리고 문득 이상하게 생각되었다. 보통은 좋은 영화를 보고나면 나는 말하고 싶어 한다. 차오르는 말을 뱉어 내지 않으면 다른 것을 내 안에 잘 들이지 못한다. 그런데 이 영화는 정말이지 너무나도 자연스럽게 만나졌다. 마치 그것이 내 일상인 것처럼. 그런데 비둘기가 걸린다. redondance(중언부언)처럼 느껴진다. 작위적인 그 연출이 자연스런 나의느낌을 해친다. 작품 전편에 흐르는 절제되고 깔끔한 표현방식을 흐린다. 수식어 없는 그냥 사랑. 파국으로 치닫는 감정의 비극성을 보여 주는데 주로 집중하는 프랑스적인 심리주의 혹은 심미주의에서 뭔가 걸러 낸 듯한 순하고 기교 없는 느낌의 제목마저 마음에 드는 작품인데 옥에 티다. 젊은 관객들에게는 이런 말이 어떻게 들리는지 짐작할 수 없다. 그러나 적어도 내게는 그렇다. 마지막으로 '헛것' 으로 나타나, 단정한 매무새로 설거지를 하고, 외투 입으라고 잔소리를 하면서 남편을 밖으로 끌어내는 아내를 등장시킨 엔딩이 참 좋았다. 안락사가 인간의 존엄성(여기서는 아울러 사랑의 존엄성까지)을 지키는 행위인지에 대한 법적인 공방으로부터 해방시켜 주기라도 하는 듯, 이번에는 아내의 사랑이 남편의 사랑에 화답하는 연출. 역시 제목에 어울리는 영화다. 존엄성, 그 낱말이 나는 좋다.

안아 줄 수 없는 아이

며칠 째 마음에 남아 있는 영화 한 편. 아니 영화 속의 아이. 이제 놓아주고 싶다. 인 어 베러 월드, 공식 제목은 이렇다. 〈Heaven, In a better world>, 덴마크, 스웨덴 영화. 크리스티앙과 엘리아스라는 아이가 나온다. 몇 살쯤 되었을까. 열 살을 갓 넘긴 아이들일 거라고 생각된다. 버려진 건물의 옥상에 크리스티앙이 서 있다. 난간에 아슬아슬하게 서서 아래를 내려다보고 있다. 어두컴컴한 새벽이었을까, 한밤중이었는지도 모른다. 영화란 이렇게 지나가고 나면 기억에 의존해야하는 묘한 매력이 있다. 벼랑 끝에 선 그 아이의 절망을 제대로 이해한 사람은 엘리아스의 아빠다. 이렇게 쓰고 보니 역시 부모란 자기

아이를 잘 이해할 수가 없는 위치에 있는 것 같다. 이해를 위한 최소한의 거리 설정이 안 되어 있는 관계가 아닌가.

한 발만 내디디면 '저편'이다. 그 경계에 서 있는 인물. 그런 장면은 많이 본 거 같다. 군더더기라고는 없는 이 서늘한 영화에서 과연 저 어른은 저 아이를 어떻게 구출할 것인가, 숨이 막힌다. 그 어른은 그 아이에게 말한다. 엘리아스는 죽지 않았다고. 진짜라고. 그렇지 않으면 내가 어떻게 이 시간에 아들 옆에 있지 않고 여기에 있겠냐고. 그 말에 크리스티앙은 무너지고 자신을 이해해 준 단 한 사람, 엘리아스의 아빠 덕분에 마음을 열고 엄마의 주검을 보았을 때의 느낌을 얘기한다. 아니 뱉어 낸다. 죽은 사람을 보는 순간, 삶과 죽음 사이의 장막이 잠깐 엷어지지만 그 장막은 곧 옛날처럼 두꺼워져 버린다. 그래서 살아남은 사람들은 아무렇지도 않게 다시 살아갈 수가 있는 거다, 이런 설명을 하는 엘리아스 아빠는 수없는 죽음을 목격하고 무수한 생명을 구하면서 아프리카에서 의료봉사를 하고 있는 의사이다.

영화는 무겁고 이야기는 많다. 엘리아스와 크리스티앙의 왕따와 폭력 이야기, 두 아이들의 부모가 저지른 잘못 이야기, 그 부모들이 살아 내는 애증의 드라마, 승부와 용서와 생명과 인격 그리고 제도에 대한 이야기. 그 많은 이야기들이 덴마크의 순결해 보이는 자연과 아프리카 한복판의 가난과 전쟁을 배경으로 언뜻언뜻 지나간다. 짧고 강렬하게. 이 모든 이야기 중에서 위의 장면 외에 또 하나 또렷하게 내 기억에 박힌 장면이 있다. 크리스티앙 때문에 폭탄을 터뜨리고, 아니, 그 폭탄으로부터 다른 사람의 생명을 구하다가 죽게 된 아들. 그 아들의 병원에 사과하러 찾아온 친구인 크리스티앙에게 엘리아스의 엄마는 원색적인 분노를 터뜨린다. 지적이고 아름다운 그녀가 아이에 불과한 아들 친구의 멱살을 잡고 폭언을 쏟아붓는다. 언제나 흐트러지는 법이 없는 아이 크리스티앙은 놀란 얼굴로 그러는

'엄마'를 지켜보다가 병원을 뛰쳐나온다. 엄마가 없는 아이 크리스티앙이 엄마의 본능을 온몸으로 이해한 것이다.

본능적으로 행동하지 못하는 아이, 얼어붙은 아이. 그게 크리스티앙이다. 그러니까 사실 크리스티앙은 아이가 아니다. 소름 돋게 몰입해서 본 영화이면서도 나는 왜 어른들은 소설이나 영화에서 종종 아이들을 인물로 쓰는가에 대한 질문을 그칠 수 없었다. 그런데 문득 깨달아졌다. 그러니까 이 아이는 아이가 아니다. 그래서 이 영화는 아이들 영화가 아닌 거다. 인간의 내면에 원형으로 남아 있는 상처. 그것은 당연히 유년에서 온다. 어른을 위한 영화나 소설이 아이를 등장시킬 때 그 아이들은 그러니까 현실의 아이들이 아니고 아이들의 이미지로 나타나는 상징이다. 이렇게나 당연한 사실을 내가 왜 이런 충격 속에서 깨닫게 되었는지 모르겠다. 내가 현실의 아이들과 비언어적인 소통을 할 수 없다는 것과 관계가 있다는 생각이 든다.

다시 원점, 혹은 충격이다.
그러니까 그 아이, 크리스티앙은 안아 줄 수가 없는 아이이다. 크리스티앙의 가족도 학교도 친구도 그걸 모른다. 안아 줄 수 없는 아이에게는 설명을 해야 하는 거다. 엘리아스의 아빠처럼. 그러고 나면 그 아이는 안아 줄 수 있는 아이가 되는 거다. 크리스티앙처럼. 아이는 아이고 어른은 어른이다. 그런데 어른 속의 아이와 아이 속의 어른이 온갖 파노라마를 만들면서 오묘하고 복잡한 생의 무늬가 생긴다. 여러 겹의 거짓말로 그것을 보여 주는 픽션들을 그래서 가끔 사랑하지 않을 수가 없다!

겨울이
오기 전에

인생 혹은 인간의 나이를 사계절에 비유하는 게 옛날에는 진부해 보였는데 요즘은 참으로 적절하다는 생각이 든다. 정원이 큰 비중을 차지하는 영화, 중년의 배우들이 주인공인 영화 〈차가운 장미〉를 보고 더욱더 그런 생각이 든다. 어떤 의도로 제목을 이렇게 바꾸었는지 모르지만 원래 제목은 〈Avant l'hiver 겨울이 오기 전에〉이다.

영화를 선택하기란 쉬운 일이 아니다. 이렇게 제목이 바뀌고 홍보용 카피가 겉돌기 일쑤일 때는 더더욱 그렇다. 동면을 연상하게 하고 무언가 기다린다는 생각을 하게 하는 때, 몸과 마음의 움직임이 최소화 되는 노년이라는 시간이 다가오기 전, 그리고 아직은 자연이 너그러운 정원에서 사람들과 함께 먹고 마시고 떠들 수 있는 때. '겨울이 오기 전' 이란 그런 시간을 상징적으로 표현한 것으로 보인다. 그렇게 보면 장면장면이 더 애잔하게 다가온다. 영화 속 저택 안주인의 삶은 대체로 화려하게 묘사되지만 루시의 경우는 좀 다르다. 작업복을 입고 묵묵히 정원을 가꾸고 사람들에게 나무들에 대해서 설명을 해 주고 가끔씩 직접 키운 과일로 파이를 만들어 가족과 친구들을 행복하게 만들어 주는 파티를 연다. 그녀의 삶이 그녀가 돌보는 정원과 중첩되어 보인다. 크고, 넓고, 적당히 버려진 듯하면서 동시에 적절하게 가꾸어진 느낌을 주는, 죽어가는 것들과 자라나는 것들이 자연스럽게 어우러진 정원. 그녀는 결혼한지 100년은 된 것 같지만 실제로 남편과 함께 한 시간이 얼마나 되는지 알 수 없다. '차가운 장미' 는 루시의 남편이자 저명한 신경외과 의사인 폴의 병원, 자동차, 집, 가리지 않고 배달되기 시작하면서 폴과 루시를 불안

속에 빠뜨리는 빨간 꽃다발이며 동시에 이 작품의 주요한 상징이기도 하다.

스토커처럼 폴에게 그 꽃다발을 보내는 사람은 매력적인 아랍계 외모를 지닌 젊은 여성 루. 그녀가 부르는 붉은 장미와 양귀비가 나오는 노래는 루에게 남은 단 하나의 '순수한 것'이다. 앤딩 크레딧 내내 그 노래를 음미하면서 장미와 양귀비(라고 표현된), 그 꽃들에 대해서 생각했다. 가난한 나라에서 온 불우한 젊은 여성, 거짓이 아닌 거라고는 할머니와 함께 부른 노래 한 곡밖에 없는 처절한 그녀가 택한 꽃은 왜 하필 장미였을까. 장미와의 대비를 통해서 그녀가 정작 드러내고 싶었던 것은 양귀비였을까? 노래 가사 속에서 양귀비라고 번역된 이 꽃은 coquelicot. 남불에 가면 지천에 널린 식물로 남불에 간 적이 없는 사람들에게는 어쩌면 모네의 그림으로 더 익숙할 수 있는 꽃이다. 우리로 치면 제주도의 유채꽃만큼이나 편안하지만 도시에서 쉽게 만나지는 건 아닌 그런 꽃. 그러니까 중국, 미모, 마약, 희귀, 금지 등등, 우리가 '양귀비' 라는 꽃 이름에서 떠올리는, 장미보다 찾아보기 힘들고 장미보다 강렬하고 장미보다 사람을 혹하게 하는 그 어떤 이미지와는 관계가 없다. 독특한 음색의 목소리로 루가 부르는 노래 속의 장미와 양귀비 그리고 바람과 사랑 같은 말들을 가만히 떠올려 보면 마음이 아프다. "나하고 자고 싶지 않아요?" 라고 폴에게 물었다가 왜 그렇게 미운 말을 하느냐는 대답을 들은 그녀. 모든 것이 거짓말인 그녀가 뭔가 진짜를 감지하고 자신을 위해 선택할 수 있는 것은 자살밖에 없을 정도로 루의 삶은 위험하고 남루하고 비참했다. 그런 그녀의 노래 속 사랑이 한낱 바람인 것은, 해바라기처럼 자기를 향해 있는 남자 친구 제라르와 든든한 울타리가 되어 주는 남편을 동시에 가진 루시의 삶을 배경으로 두 겹, 세 겹으로 이해가 된다.

영화를 보는 동안은 주인공 폴에게 집중했었다. 루와의 만남이 그를

'모든 것이 시작되기 이전으로 돌려놓았다'는 말의 의미를 생각했었다. 한 살 때 아버지가 떠나 버리고 어머니와 둘이 남았지만 행복하게 지냈고, 공부 잘했고 의사가 되었고 일에서의 성공과 가정의 안락함을 가졌지만 한 번도 무엇을 원했던 기억이 없다는 중년의 남자. 어머니에게 자신이 전부임을 어렸을 때부터 알았다는 것은 물론, 어머니의 욕망을 내사하고 살아왔다는 뜻이다. 루 혹은 빨간 장미 꽃다발은 폴이 스스로 무엇인지 알아차리지 못하는 그 어떤 자극이다. 그것의 외양이 젊은 여자이고 그녀와의 만남이 은밀한 까닭에 가족과 친구 그리고 관객은 할 수 있는 오해를 하게 되어 있다. 그러나 그런 애정사 혹은 숨겨진 드라마는 루시와 폴 부부 그리고 그들 공동의 친구 제라르와의 긴 역사 속에, 그러나 짤막한 대화 속에 훨씬 더 많이 들어 있다. 제라르의 컴퓨터 비밀번호가 루시의 아들 이름인 빅토르인 점, 루시가 힘들 때는 남편 폴이 아닌 제라르와 항상 함께 있다는 점, 폴과 제라르의 테니스 경기에서 "네 아빠가 이겼다"라는 루시의 대사에

“아저씨가 이겼는데요?”라는 아들의 대꾸, 시간을 되돌리면 하고 싶은 것이 무엇이냐는 폴의 질문에 “루시와 도망쳐 버리겠다”는 제라르의 대답. 사소하게 지나가는 듯한 이 대사들 속에 이 드라마를 다 녹여 버리고 화면으로는 다른 이야기를 보여 주는 연출의 경지, 영화 전체를 아름답다는 느낌으로 남게 만드는 비결은 역시 절제인 것 같다. 과한 것은 오로지 빨강 혹은 장미뿐.

그 빨강이 일으키는 불안의 극치가 정신병원을 전전하는 루시의 언니 마틸드이다. 한 부모 밑에서 태어난 자매가 어떻게 이렇게 다른가라는 루시의 의문에 ‘당신도 언니와 크게 다르지 않다, 껍데기가 아주 조금 다를 뿐’이라고 대답하는 제라르의 대사 속에 어쩌면 감독이 하고 싶은 말이 들어 있는 건 아닐까. 우리 모두가 감추고 사는, 혹은 속 깊이 구겨 박아서 그것이 자기 안에 있는 줄도 모르고 사는 자기 몫의 불안. 그것으로부터 자유로워지는 길은 오직 직면밖에 없다는 것을 강제로 배달되는 빨간 장미가 암시하는 것 아닐까. 폴이 주변의 오해를 무릅쓰고 루와 접촉하는 것은 그 불안의 힘이 아닐까. 붉은 피가 낭자한 욕조 속에서 죽어간 루의 모습으로 압축되어 버린 추리물과 창이 너무 크고 많아서 마치 유리 상자 속에 사는 것 같은 폴과 루시의 저택이 품고 있는 심리극이 절묘하게 어우러져, 보고 나서도 한참 여운이 남는다. 무엇을 원해 본 기억이 없다는 폴, 루시를 위해서 사는 듯이 보이는 제라르, 완벽한 행복을 구현해 보이려는 루시, 그들의 껍데기는 위선일까 혹은 최선일까.

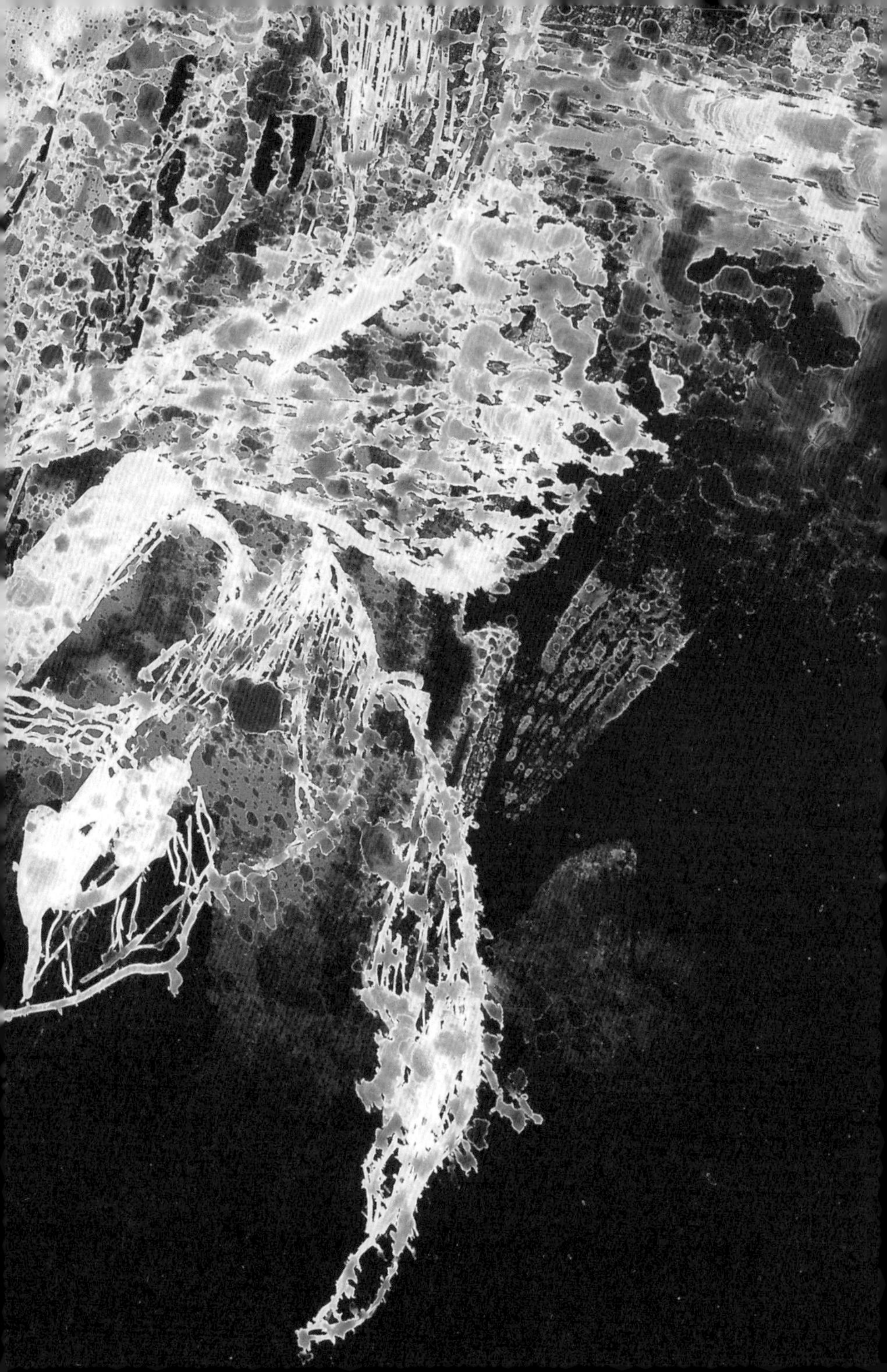

60억의 타인들

한 가지 질문에 하나씩의 집(천막 모양의 전시 공간)이 있다. 그 집에 들어가면 모두가 조용히 화면을 보고 있고 화면에는 클로즈업 된 인물들이 말을 하고 있다. 60억의 타인들. 혹은 그중 하나인 나에게. 그들이 특별한 말을 하지는 않는다. 그러나 그들 모두는 매우 솔직해 보인다. 그리고 그건 다소 놀랍다.

낯설음은 어디에

처음 프랑스로 유학을 갔던 때, 나는 낯선 세계 한가운데에 떨어지는 꿈을 꾸었다. 그러나 파리에 도착하자마자 나는 그 꿈이 얼마나 헛된 것인지 알아차려야 했다. 아무 것도 낯설지 않았다. 에펠탑이나 개선문은 물론이고 파리라는 도시 혹은 프랑스적인 어떤 것은 이미 내게 익숙했다. 글이나 사진 혹은 그림으로. 그러나 친숙하지도 낯설지도 않은 그 도시에서의 삶은 몸에 맞지 않는 옷처럼 불만스러웠다. 잠도 잘 못 자고 열 시간이 넘는 서울-파리 간의 비행시간을 견디느라 그 당시 유행이던 이어령의 『축소지향의 일본인』이란 책을 읽으면서 갔었다. 이어령을 좋아하지는 않지만 축소라는 테마로 일본을 축소해서 보여 주는 그의 패러다임은 충분히 설득력이 있어 보였다. 지금도 생각나는 구절이 있는데, 우리 문화를 외래문화와 비교하려면 빵과 밥을 비교하는 것보다 밥과 밥을 비교하는 게 훨씬 차이가 잘 보인다는 것이다.

파리는 세계에서 영화를 가장 잘 볼 수 있는 도시이다. 맘만 먹으면 웬만한 옛날 영화는 다 찾아서 볼 수 있는 게 파리다. 게으른 편인 나는 돌아다니는 대신 파리의 구석구석에 있는 영화관들을 찾아다니는 것으로 여행을 대신하곤 했는데 어느 해이던가, 중국 영화를 보고 낯설음에의 충격으로 전율했던 기억이 있다. 지금은 그 영화의 제목도 감독도 배우도 심지어 내용도(!) 아무 것도 기억하지 못하지만 햇빛이 눈부신 한낮, 컴컴한 영화관에서 나오는 내게는 선명한 붉은 색의 잔상이 남았었다. 밥과 밥의 비교가 생각났다. 대부분의 한국인들처럼 어이없게도 나는 멀리 있는 유럽이나 미국 문화에는 알게 모르게 익숙해 있는 반면 일본이나 중국, 혹은 동남아의 문화에 대해서는 아무 것도 모르고 있었던 것이다. 뭔가를 처음으로 경험했을 때의 순전히 감각적인 그 충격은 한동안 나를 몰두하게 만들어서 역시 지금은 아무것도 기억나지 않는 일본 영화들을 찾아서 보기 시작했었다. 내게 남은 것은 유럽의 인상주의에 영향을 미쳤던 일본 그림 같은 단순하고 과감한 선과 색의 느낌. 어쩐지 싫었다. 야생이 아니면서 동물적인 어떤 것, 끊임없이 만져진 인공적인 느낌. 얼얼한 기분이었고 자주 짜증이 났다. 그러던 중에 빔 벤더스(Wim Wenders)의 〈도쿄가 Tokyo-Ga〉를 보게 되었다. 당시 나는 빔 벤더스에 푹 빠져 있었다. 파리 텍사스를 시작으로 빔 벤더스 페스티벌이 열리는 극장을 찾아가 수업을 빼먹어 가면서 그의 영화들을 하나하나 관람하곤 했다. 그가 일본에 관심을 보인다는 건 나로서는 뜻밖이었는데 〈도쿄가〉는 내가 본 그의 작품 중에 제일 재미없었다. 그것은 기록영화에 가까웠다. 그럼에도 불구하고 나는 뭔가 통쾌했다. 감각에 대해서 말하지 않고, 아무런 서사도 없이, 다른 작품들에서처럼 시를 동원하지도 않고 빔 벤더스는 내가 지겨워하던 일본을 지루하고도 속 시원하게 비판하고 있는 것처럼 보였기 때문이다. 적어도 내게는 그랬다. 그렇게 단순하게 정리해 버리고 나는 비교적 쉽게 일본을 떠날 수 있었던 거 같다.

남불의 들판

1993년 봄에서 여름까지 프랑스 남쪽의 조그만 도시 아를르에서 지냈다. 그 후로도 여러 번 그곳에 갔지만 그때처럼 오래 있었던 적은 없어서일까, 그때만큼 낯설면서도 편안한 '딴 세상'을 느낀 적이 없어서일까, 아를르는 내게 그때의 기억으로 남아 있다. 그 후, 짧지 않은 세월 10년이 흘렀다. 지금도 눈을 감아도 선명히 떠오르는 새빨간 개양귀비꽃밭, 노오란 유채꽃밭, 그리고 번역가 센터 Espace Van Gogh의 새파란 창틀, 아, 그리고 한 번도 실제로 보지 못한 라벤더밭. 그런 것들이 내게 남은 것일까. 아련한 보랏빛 물결 같은 라벤더밭은 그 일대에서 보기 어렵지 않은 것 같았는데 실제로 가 보지는 못했다. 대신 라벤더밭과 허름한 농가가 멋지게 어울리는 엽서만 여러 장 샀었다. 글쎄, 또다시 간다면 과연 내가 라벤더밭에 가 볼 수 있을까? 도무지 혼자서 아무 데도 갈 줄 모르는 나는 그 아름답고 야생적인 카마르그 풍경들도 사진으로 만족했을 뿐이다. 어리석고 어이없는 일이지만 그때나 지금이나 나는 '일'과 관계된 것이 아니면 아무 것에도 엄두를 내지 못한다.

아, 또 잊을 수 없는 것이 있다. 올리브 나무, 그리고 올리브 열매의 맛. 반질반질 윤기가 나는 검은 올리브랑 좀 밋밋해보이는 녹색 올리브는 장날이면 실컷 볼 수 있었는데 늘 모종의 허기를 앓고 있는 내게는 마치 풍요의 상징처럼 보였다. 짭조름한 그 맛은 한국 음식을 먹지 않고 지내는 내게 장아찌나 젓갈의 맛을 생각나게 하기도 해서, 그 무렵 자주 열리던 작은 파티에 사람들이 아페리티프로 한 접시씩 가져다 놓는 것을 야금야금 집어 먹곤 했었다. 올리브 나무를 처음 봤을 때의 아뜩했던 느낌은 내 기억의 창고에 그대로 저장되어 있다. 남불의 태양이 강렬하다는 것은 알고 있었음에도 불구하고 올리브밭을 처음 봤을 때 흔들리던 것은 나뭇잎이었는지 내 눈이었는지 햇빛이었는지 모르겠다. 어쨌든 나는 서로 몸이 닿을 수밖에 없을 정도로 좁은 자동차 안의 일행들이 내는 들뜬 소풍 기분의 목소리들이 먼 배경음처럼 들리고 나 혼자 멀리 떨어져 나오는 느낌이었다. 내가 본 올리브밭은 정말 고흐의 그림 같았다. 헷갈린다. 내가 고흐의 올리브 나무 그림을 먼저 봤는지, 올리브밭을 보고 나서 고흐의 그림을 보고는 내 느낌과 그림의 느낌이 너무 같아서 이상하게 생각했었는지. 후자일 확률이 높다. 곧지 않고 틀어진 나뭇등걸은 소용돌이치는 원을 연상시켰고, 작은 이파리들은 쉴 새 없이 흔들렸는데 앞과 뒤의 빛깔이 다른지 끊임없이 반짝거려서 형체가 잘 눈에 들어오지 않았다. 그러니까 여느 나무들처럼 굳게 버티고 서 있는 것 같지 않았다. 왜 그런 생각을 했는지 모르지만 그 올리브밭을 지나면서 나는 저런 풍경들 때문에 인상주의가 나오지 않을 수 없었을 거라는 엉뚱한 결론을 내렸던 거 같다.

그리움. 이런 낱말에 나는 좀처럼 정서적 반응을 하지 않는 편이다. 이렇게 쓰고 나니 씁쓸하다. 돌아가고 싶은, 그리움의 대상이 없는 것만한 불행도 없을 테니까. 그런데 요즘 들어 가끔 그때, 그 들판들이 떠오른다. 돌아가고 싶은가. 잘 모르겠다. 아니, 그리운 것은 그 공간이 아니다. 모든 것으로부터 단절되어 허허롭고 그래서 내가 온전히 눈이 되는 것 같던 그때, 보는 즐거움으로 한가해지던 기억, 모든 내면적 맥락으로부터 자유로워지면서 뭔가 살아나는 것 같던 기분. 어쩌면 그게 바람의 결이었는지도 모르겠다.

남쪽으로

한 열흘 프랑스에 다녀왔다. 하마터면 춥고 우중충한 파리에서 오로지 일만 하면서 세느강도 못 보고 올 뻔 했다. 우울함에 밀려서 떠났다. 남쪽으로. 따뜻한 햇빛을 기대하면서. 어떻게든 된다는 남들의 말을 믿고 어디서 잘지도 모르는 채로 아무 것도 결정하지 않고 무작정 떠났던 것은 처음이었다. 그렇게 도착한 도시 아를르에서 관광안내소에 도착해서 어느 호텔에 방이 있는지 알아보고 안내 책자를 하나 얻어서 돌아서는 길이었다. 키가 크고 알록달록한 모자를 쓴 남자가 조심스럽게 말을 걸어왔다. 얼마 전부터 민박을 하고 있는데 오늘 정식으로 여기에 등록하러 왔다면서 자기 집에 한번 가 보지 않겠냐고 했다. 막연히 경계심이 들었지만 가 보고 마음에 들지 않으면 다른 호텔에 가도 좋다는 그의 말 때문은 아니었는데도 어쩐지 그를 따라갔다. 그는 가면서 이런저런 이야기를 했다. 지난 한 해 동안 여행을 다녔다고 했다. 라틴 아메리카로. 그리고 아를르에 정착한 것은 지난 가을부터라고 했다. 그렇게 낯선 사람의 인생을 가늠하며 도달한 그의 집은 노동자들이 사는 비교적 허름한 동네에 있었다. 좁다란 건물. 한 층에 방이 하나씩뿐인 낡고 조그맣고 귀여운 집이었다. 주인이 내주는 향기가 좋은 차를 마시며 이런저런 이야기를 하며 집을 느껴 보았다. 예쁜 집이지만 어둡고 불편해 보이는 방에서 자고 싶은 마음은 들지 않았다. 그의 호의에도 불구하고 뭔가를 '거절' 해야 하는 일이 난감했지만 단호하게 내 마음을 말했다. 그는 아무렇지도 않게, 그러라면서 인터넷으로 갈 만한 호텔을 뒤져서 전화까지 걸어서 방을 찾아 주었다. 미안해서 어떻게 해야 좋을지 몰라 하는 내게 그가 이렇게 말했다. "당연해요. 그동안 나는 여행하면서 늘 나를 도와주는 사람들을 만났었는데 이제 나도 당신을 도와줄 수 있어서 즐겁습니다."

돌아와 생각하니 이번 여행에서 진짜 여행을 느꼈던 것, 낯선 경험을 했던 것은 그 사람과의 짧은 만남뿐이었던 것같다. 허름하고 예쁜 집 구석구석 꾸미고 사는 그는 요리 선생이라고 했다. 고마웠다. 고마움을 마음에 담아 둔다. 나도 그 사람처럼 다른 누군가에게 친절을 베풀 날이 있을 것이다.

파리 스케치

하나, 맥도날드에서

인터넷 때문에 매우 불편한 생활을 하고 있다. 처음 일주일 정도는 인터넷, 전화 모두 끊고 있으니 은둔 생활하는 것처럼 마음이 편했다. 그렇지만 아무래도 업무에 지장이 있어서 마음을 바꿨다. 여기도 가정에 인터넷이 보급되었지만 임시 거처에 머물고 있는 내게는 아직 불가능한 일이다. 집에서 한 시간 거리에 있는 도서관으로 출근해야 하고 가끔은 맥도날드에 간다. 세 번에 한 번 확률로 자동인터넷이 연결되기 때문이다. 줄을 서서 아침 메뉴를 주문하려고 기다리는 중이었다. 옆의 마담이 말을 걸어왔다.

"당신은…… 중국인? 일본인?"

"그렇게 많이 틀리지는 않으셨네요. 거기서 안멀어요."

"……?"

"한국이요."

"아! 이 동네에 한국인 많이 살아요! 한국인들은 공부를 좋아하던데"

잘못 걸렸다, 싶었다. 설상가상으로 손에 든 물건을 보니 기독교인이다. 얼른 대화를 마치고 싶었다.

"아, 네…… 전 공부 옛날에 끝났답니다."

"뭐, 그거야 나도 마찬가지지만 모여서 토론하고 공부하는 걸 즐겨요, 요샌. 한국에 기독교인 많죠?"

"많죠. 한 동네에 교회가 몇 개씩 되는걸요."

여차하면 말이 길어질 거 같은데 다행히 내 몫으로 나온 커피와 빵을 챙겨 들고 돌아서려는 내게 그녀가 전도용 소책자를 내민다.

"이거 한번 읽어 보실래요?"
"아니요! 우리 집안은 불교를 믿거든요."
머쓱해진 그녀, 더 이상 말이 없다. 파리에 와서 이런 접근, 벌써 세 번째다.
중국인이나 일본인이라고 했으면 그들은 내게 중국말이니 일본말로 된 책자를 주었을 것이다. 기독교인들의 이런 전도 자세에 대해서 매우 비판적이던 파리가 변하고 있는 것이다.

둘, 슈퍼에서

저녁 밥할 시간쯤 되면 동네 슈퍼 계산대에 줄이 길다. 매일 뭘 해 먹어야 할지 모르겠는 내 마음과는 달리 애들은 너무 잘 먹는다. 이젠 나이 들어서 슈퍼에 가서 뭘 사려고 해도 깨알 같은 글씨 읽기도 힘이 든다. 애들을 데리고 가서 좀 읽으라고 시킨다. 이 날도 물이며 우유며 무거운 것들도 있고 해서 아들 녀석을 데리고 가서 장을 잔뜩 봐서 줄을 서 있는 중이었다. 한국 사람다운 급한 성질은 여행 가방 속에 넣어 놓고 풀지도 않았건만 좀 심하다, 싶었다. 너무 기다려야 했다. 뒤에 서 있는 아들 녀석에게 물었다.

"야, 너 저 사람들 얘기, 뭐 알아듣는 거 없어? 뭐 하는 줄 알아?"

"아니~ 뭐 저렇게 할 말이 많대?"

그러게 말이다! 도대체 슈퍼 계산대에서 왜 말이 필요한가. 계산기에 찍혀 나오는 금액 쳐다보고, 돈 내고, 거스름돈 받고, 잘해야, 감사합니다, 혹은 안녕히 가세요, 정도면 되는데.

"지금, 자기네 바캉스 갔다 온 얘기하고 있는 거야."

"헐……!"

저런 풍경에 익숙한 나는 으레 그러려니 하긴 하는데 시간이 진짜로 없다. 숙제해야 하는 아들 녀석을 데리고 나왔기 때문이다. 그러나 어쩌랴. 아무리 머리를 굴려, 돌려서 말해도 저 느긋하고 행복한 얼굴이

쌀쌀맞게 변하면서 네모나고 정중하기 짝이 없는 그러나 차가운 말투로 기다리라는 대꾸만 돌아올 것이 뻔하다. 어딜 가도 이렇다. 은행, 우체국, 가게…… 좋게 보면 인간적인 접촉이 많은 것이고 차례를 존중하는 것 같지만 일의 효율성 면에서 보면 정말이지 빵점이다. 며칠 전 우체국에서 마치 우리나라처럼 일하는 여자를 봤다. 입으로는 앞의 손님을 응대하면서 손으로는 다른 일을 하고, 등기우편을 위해서 뭘 기록하는 내게는 심지어 옆으로 조금 물러서서 써 주면 다른 사람을 받을 수 있다고 말하던 그 여자를 내 뒤의 남자가 엄청 칭찬했다. 우리나라에 가면 누구나 저렇게 일하는데 말이다. 이렇게 답답한 프랑스 사람들을 보면서 우리 애들은 얼마나 투덜대는지 모른다. "사람들이 왜 이래? 우리나라가 제일 좋아!" 그럴지도 모르지만 이 아이들은 엄마가 곁에 있어서 그런지, 다르다고 말해야 할 때 꼭 이상하다고 한다. 하긴, 나도 그렇게 생각될 때가 많다. 다르다고 생각하는 데는 역시 여유가 필요한 모양이다.

셋, 길거리에서

전화카드를 사러 나가던 길이었다. 아프리카 사람 둘이 종이를 들고 행인들을 막아 세운다. 내 앞의 남자가 그들에게 붙들려서 무슨 얘기를 듣고 있다. 난 피해 가나, 했는데 영락없이 내게도 종이를 들이민다. 가만 들어 보니 아프리카에서 전쟁 때문에 아이들이 죽어 가고 있는데 전쟁에 반대하는 서명을 하란다. 수많은 사진들이 떠올랐다. 그래, 서명을 해야지. 이름을 쓰고, 주소를 쓰다 보니 사람들의 서명들 말미에 돈의 액수가 적힌 게 보인다. 10유로도 있고, 20유로도 있다. 그제야 뭔가 이상하다는 생각이 들었는데 곁에서 초조하게 보고 있던 문제의 아프리카인, 당신은 정말 착하다며 20유로, 20유로, 계속 되뇌이고 있다. 그의 목소리는 너무나도 절실했다. 그래서 그냥 돈을 주었다. 그러고 보니 돈을 주는 사람은 나밖에 없었던 거 같다. 전화카드를 사고 나오니 벌써 다 가 버리고 없다. 성공했으니 점심이라도 먹으러 간 걸까, 서글픈 마음으로 멍하니 서 있으려니 스케이트 보드를 타던 꼬마 하나가 쌩하니 달려와서 또랑또랑한 목소리로 이런다. "아줌마, 1유로만 주실 수 있으세요?" 이건 또 뭐지? "어? 왜, 뭐 하려고?" "난 너무나 목이 마르거든요. 음료수 사려고요." 기가 막혔다. "글세, 왜 다들 나한테 돈을 달라고 하는지 모르겠네. 오늘은 이제 난 된 거 같아." 이러니까 또 금세 돌아선다. "아, 아줌마는 너무너무 친절하게 생겼거든요!" 녀석 참, 당돌하기도 하다. "얘! 근데 이 근처에 우체국 어디 있는지 알아?" 어쩌고 저쩌고 쏼라쏼라……. 심하다 싶게 자세하게 일러 준다. "그래, 너도 너무너무 친절하구나!"

이날 저녁이었다. 아프리카인인가 아랍인인가 검은 그림자가 내게 다가오면서 우리 밥 먹는데 돈이 모자란다, 좀 보태 줄 수 있느냐, 이렇게 물었다. 무감각하고 무심하게 그냥 지나쳐 버렸다. 아무 말도 못하는 사람처럼. 저절로 그렇게 되었다. 하루 세 번은 지나치다. 그러고 보니 길거리에 프랑스 사람은 별로 안 보이는 것 같다. 외국인이 너무 많고 거지도 너무 많다. 매번 그냥 지나치려니 순 악질 여사가 되는 기분이고 그렇다고 내내 적선을 하고 다닐 수도 없다. 여기서나 저기서나 살기는 다들 힘든 모양이다.

엉뚱한 적선

파리 시내 한복판, 6구의 세브르 바빌론(Sèvre Babylone)역. 기차에서 내려서 출구로 나가는데 제복을 입은 검표원들이 주루루 서 있다. 반사적으로 움찔했으나 표를 가지고 있으니까 문제 될 건 없다고 생각했다. 내게 승차권을 보자고 하는 덩치 큰 남자들에게 정기권인 오렌지 카드(Carte d'Orange)를 내밀자 그는 사진을 붙이지 않았으니 벌금 25유로를 내라고 한다. 화가 치밀었다.

파리에 도착한 다음 날 지하철역 매표구에서 딸이랑 둘이 머리를 맞대고 계산을 했었다. 일주일짜리 정액권을 사는 게 나은지 10장 묶음

표를 사는 게 나은지. 그러나 매표구 아저씨의 너무나도 고압적이고 불친절한 자세에 귀찮아서 그냥 10장짜리 할인표를 샀다. 그렇게 산 표를 나눠들고 따로 다니다 저녁에 만나 보니 하루 만에 표가 한 장밖에 남지 않았다. 파리가 서울보다 유난히 비싼 게 교통비다. 야무진 딸의 의견대로 4유로짜리 사진기계에서 증명사진을 찍고 일주일짜리 정액권을 사기로 했다. 뤽상부르 역이었다. 동전을 바꾸러 갔다가 괜히 창구에 있는 마담에게 말을 시켜 보았다. 우린 여행객이라 닷새만 있으면 갈 건데 꼭 사진까지 붙여야 되는 거냐고. 그 아줌마 왈, 원칙은 그렇지만 카드의 번호를 쿠폰에 옮겨 적으면 개인적이라는 증빙은 되니까 사진은 알아서 하란다. 옳다구나 싶어서 사진 두 장 값 8유로를 절약하고 하루에 몇 번이고 맘대로 지하철을 타면서 흐뭇하고 뿌듯했었다. 근데 하필 귀국 전날 이게 무슨 일인지! 어떻게 빠져나가나 궁리하다가 맘씨 좋았던 뤽상부르 역 매표원 얘기를 해 봤다. 통하지 않았다. 말만 길어졌다. 그러다 보니 짜증이 나서 역공을 해 봤다. 아니, 내가 뭘 알겠냐. 너네는 왜 여행객에게 사람마다 말을 다르게 하느냐, 번호 적으면 된다는 것만 안 가르쳐 주었어도…… 어쩌구 하니까 그때부터 그는 녹음기처럼 똑같은 말만 되풀이 한다. 그 사람들은 거짓말쟁이다. 그런 사람들 말을 들으면 안 된다. 어이가 없었다. 포기하고 지갑을 꺼내 보니 딱 30유로가 있다. 여자 검표원은 마음이 약해지는지 갸웃하면서 남자 동료를 부른다. 아, 봐주려나 보다, 희망을 가지는 사이, 경찰보다 더 고압적인 검표원이 오더니 지금 안 내면 경찰에 회부되고 벌금은 46유로로 올라간다. 거기서도 안 내면 어쩌고 저쩌고 여차저차 이러쿵저러쿵 해서 80유로가 된단다. 지겨워서 신용카드를 주고 말았다. 옆에서 딸애가 아까워 죽는다.

우리를 저녁 식사에 초대한 프랑스 부부에게 이 얘기를 했더니 둘이 티격태격이다. '너무했다' 와 '그들은 법적으론 그럴 권리가 있다' 라는 주장이 팽팽히 맞섰다. 프랑스 사람들은 그렇게 별 거 아닌 걸로 말을 많이, 길게, 한다. 나는 불어 듣기 공부할 때처럼 집중력이 흩어지는 걸 느끼면서 기다려야 했다. 그렇게 두 사람이 주거니 받거니 하더니 나한테 돌아온 설명은 이렇다. 번호를 적었지만 그렇게 한 장을 사서 사진을 붙이지 않은 채 온 가족이 돌아가면서 사용하는 수가 있기 때문이란다. 갑자기 식구는 많고 돈은 없는 고단하고 우울한 아랍인들이나 아프리카인들이 떠올랐다. 그들의 우울한 임대 아파트, 차갑게 식은 닭고기, 통조림 야채가 줄줄이 상상 속에 출몰했다.

25유로씩 2사람, 50유로. 로보트처럼 같은 말을 반복하는 덩치 큰 남자에게 돈을 주고 온 느낌이 들었다. 이상하게 법을 어겼다는 생각이나 창피하다는 생각이나 억울하다는 생각보다는 엉뚱한 데 적선을 했다는 느낌이 든다.

어떤 수다

나는 지금 파리 14구 대학 기숙사촌에 있는 아파트에 있다. 그런데 거의 집에 콕 박혀 지내고 온라인으로는 몇 시간씩 서울 일을 보는 관계로 내가 어디 있는지 잊어버릴 때가 많다. 오늘은 저녁에 온다는 손님을 위해서 북경 오리와 포도주를 사다 놓고 샐러드 야채를 씻어 놓고 국수 국물을 끓여 놓았다. 시간이 좀 남는다. 오늘 받은 책을 잡았다. 아까부터 읽고 싶어서 근질거렸는데 틈이 나지 않았다. 짧은 시간이라 망설여졌지만 결국 읽었다. 책을 읽다가 혼자 웃기기도 하고, 뭔가 좀 흥분되기도 하고, 정확한 말들이 떠오르지 않는 상태가 된 나는 손님이 오기 전에 뭔가 써야겠다는 생각밖에 들지 않는다. 마음을 비워야 사람을 맞을 수 있을 것같았다.

아까 장보러 가기 전에 집 안에 전등이 나가서 수리하는 사람이 왔었다. 청소부며 여기 잡일을 하는 사람들은 대개 피부가 검은 사람들인데 금발머리에 하얀 얼굴을 한 프랑스 사람이 왔다. 그리고 프랑스 사람답게 말이 너무나 많았다. 빨리 나가야 하는데, 하는 마음으로 예의상 대꾸를 해 주고 있는데 그의 말은 점점 길어졌다. 그리고 나는 놀라고 말았다. 그는 양궁 챔피언 출신이며 스포츠에 대한 책을 세 권이나 써 냈고, 지금은 소설을 하나 써서 출판사에 투고해 놓고 오케이를 받은 상태라고 하는 거였다. 자기는 노동자이며 자기 부모도 노동자이고 제대로 공부를 한 적은 없지만 언어는 잘 구사할 수 있다면서 그러면 글을 쓸 수 있는 거 아니냐고 했다. 내가 에디터라는 말에 너무 반색을 했다. 당연하다. 문학을 공부한 사람이 더 좋은 글을 쓴다고 나는 생각하지 않는다. 그 생각을 국제적으로 증명해 주고 있던 그가 앙드레 말로를 인용했다. 문화는 책을 존중하는 데에서 생긴다, 그 말을 하며 지금 이 대학 기숙사 안에 있는 프랑스, 독일, 일본, 네덜란드 모든 나라 학생들 방에는 책이 없다고 개탄을 한다. 오로지 인터넷으로 획일화되고 진실성이 의심되는 지식만 소비하고 있다면서. 앙드레 말로는 바칼로레아도 통과하지 못했지만 문화부 장관까지 지냈고, 지금까지 역대 프랑스 문화부 장관 중에서 유일하게 자기가 존경하는 사람이라고도 했다.

그의 수다를 들으면서 나는 오늘 일정 한 가지를 조용히 포기했다. 서울에서처럼 바쁘게 움직이는 모든 일을 여기서는 도대체 할 수가 없기도 했지만 그의 얘기를 들어 주는 일은 어쩐지 중요한 일 같았다. 에디터라는 말에 그렇게 놀라고 행복해하는 말을 하고 싶은 사람의 말을 들어 주는 일보다 더 중요한 일은 그 순간 없어 보였다. 그의 얘기를 들으면서 나는 좀 엉뚱한 생각을 했다. 프랑스 사람은 말을 많이 하고 빨리하는 편인데 그래서 혹시 말을 잘하는 건 아닐까. 또 프랑스 사람은 말도 많이 하지만 글도 많이 쓴다는 생각도 들었다. 이 사람처럼 구석구석에서 자기 글을 쓰는 걸 중요하다고 생각하면서 사는 사람들이 있는 것이다. 책이 표지 디자인 때문에 팔린다는 말을 하면서 웃던 그가 이번에 쓴 소설은 시간이 지나가는 것에 대한 글이라고 한다. 여대생 세 명을 내세워서 그 얘기를 했다고 하는데 무척 궁금하다. 책이 나오면 같이 한잔하자고, 가지고 오라고 했는데 쑥스럽고도 행복하게 웃으면서 언제 나올지 모르겠다고 했다. 재밌는 단편 하나를 읽고 왜 그가 생각이 나는지 두서없이 이렇게 갈겨쓰고 있는지 나도 모르겠다. 어쨌든 괜찮다고 생각하기로 한다.

펜의 우정

어떤 프랑스 작가에게 들은 얘기다. 영국인 작가에게 편지를 보내면서 마지막 인사말로 '펜의 우정'이라고 적어 보내려고 하는데 영어로 그걸 어떻게 써야 하는지 몰라서 영국 친구에게 물었더니 영어에는 그런 표현이 없다고 번역 불가능하다고 했단다. 프랑스 친구들은 편지 말미에 '우정을 담아서' 쯤으로 해석할 수 있는 amicalement이라고 써서 보내올 때가 많다. 사실 우리 식으로 따지면 친구라고 할 만큼 친한 사이가 결코 아니지만 그렇게 적어 주는 것은 일종의 감정 표현이다. 사무적인 사이에서는 좀처럼 쓰지 않는 인사말이기도 하다.

펜이라는 뜻의 프랑스어 plume는 새의 깃털을 가리킨다. 원래 새의 깃털에 잉크를 찍어서 쓰던 것이 펜이다. 위의 프랑스 작가가 펜의 우정이라고 쓰고 싶었던 것은 모르는 이국의 작가이지만 글을 쓰는 같은 직업을 가진 사람으로서의 연대 의식, 그리고 새의 깃털에서 느껴지는 가벼움과 자유로움을 동시에 담고 싶었기 때문이라고 한다. 그러면서 영어의 단순성에 대해서, 또 프랑스 말의 섬세함에 대해서 말했다. 그 끝에 물었다. 한국말은 어떠냐고. 글쎄, 우리 말에도 글벗이란 표현이 있기는 하다. 그러나 그것을 직역해 보니 그런 멋은 묻어나지 않았다. 그 자리에 있던 세 명의 작가들과 얘기를 나누다 보니 어느 나라의 말이 미묘한 뉘앙스의 차이들을 얼마나 많이 담아낼 수 있느냐에 따라서 그 언어를 진화된 언어로, 따라서 그 언어를 사용하는 민족을 뭔가 고급한 사람들로 취급하는 분위기로 흘러갔다. 당연히 불어 사용자이며 한국말을 하나도 모르는 그들은 한국어를 영어처럼 무시할 수가 없었다. 어쨌든 다행이었다! 결국 그들은 내게 조심스럽게 물었다. 한국말은 섬세한 뉘앙스의 차이들을 담아내는 편이냐고.

평소 번역하면서 느낀 것은 우리말은 정확성보다는 곧잘 애매 혹은 모호하게 되곤 하는 일종의 풍부함이 특징이라는 점이었다. 그러다 보니 부사나 형용사는 발달한 반면 동사는 물론 명사조차도 많이 모자란다고 느꼈었다. 하나의 언어를 다른 언어로 옮기려면 결국은 양쪽 언어의 장단점을 보완할 수밖에 없다. 원문의 느낌까지를 전달하기 위해서는 문장구조의 변형이 불가피할 때도 있다. 얘기가 약간 옆으로 샜지만 이 질문에 대한 대답은 쉽지 않았다. 한국어는 단순히 열등한 언어가 아니다. 그것을 그들에게 어떻게 알게 할 것인가. 나는 비교적 성공적으로 이 순간을 넘겼던 것 같다. 우리 말은 관계를 나타내는 부분에 있어서 무지하게 발달되어 있다고 대답했다. 동사의 어미변화나 2, 3인칭 대명사의 혼용 그리고 종종 주어의 생략으로 얼마나 다양한 느낌을 만들어 내는지 말했다. 그만큼 우리나라에서는 인간관계가 복잡한 것이라는 해석을 해 주었다. 그런데, 아니 그래서 가끔 그들이 부럽다. 단순하고 명쾌할 수 있어서. 그리고 결국은 그들이 지겹다. 어찌 그리 사고가 이분법적일 수 있는지, 설명할 수 없는 것들을 쉽게 배제하는지 답답하다. 그래도 이런 차이에 대해서 알고 싶어 하는 것은 역시 그들이 펜의 우정을 나눌 수 있는 사람들이기 때문일 것이다.

학부모 모임

아들 녀석이 다니는 학교에 학부모 모임이라는 게 있다. 외국인들이 많은 학교라서 학부모들이 여러 나라 문화를 즐기는 걸 좋아하고 파리를 체험하는 일에도 열심인 편이다. 학부모 회의를 이끌어 가는 사람이 몇 있는데 평균 일주일에 한두 번은 메일이 오는 거 같다. 드물게 학교 주변에서 도난, 폭력 사건이 있었다는 보고, 경고성 내용도 있고, 적응반(불어를 못하는 아이들을 위해서 영어와 불어 두 가지로 수업하는 반) 부모들을 위한 워크샵도 주선하지만 대체로는 어디서 바자회를 연다, 스웨덴식 크리스마스 런치를 한다, 어디 전시회를 보러 가자, 파리 근교에 소풍을 나가자 등등 주로 같이 놀자는 얘기다.

한국에서부터 학부모 회의라면 일단 겁을 좀 먹는 편이라서 여기서도 조용히 지켜만 보고 있는데 신기하게도 애들 교육에 도움이 되는 일을 이러쿵저러쿵하는 모임이 아니라 그냥 사교 모임 같았다. 들여다보니 그것도 엄청 부지런해야 하는 거라서, 게으른 나는 엄두도 안 내고 있는데 어제는 파리에서 근무하다가 이탈리아인 남편을 만나서 결혼한 영국인 여자를 만났다. 프랑스 화장품 회사에 근무하는 남편의 파견 근무 때문에 3-4년 다시 파리에 와 있다고 했다. 이런저런 수다 끝에 학부모들 독서 모임 얘기를 하는데, 학부모 중 한 명이 책을 내서 다들 그 책을 읽고 그 사람을 초대 손님으로 모셔서 얘기를 했다고 한다. 모인 사람들이 다 그 책을 샀기 때문에 그 작가는 엄청 만족했다고 농담을 하는 걸 듣고 있노라니 참 이렇게 다르구나 싶었다. 우리 같으면 학부모들 사이에서 자기가 '책 같은 걸' 쓰는 사람이라는 게 튀지는 않나 괜한 고민이 되고 다른 사람들도 그 '작가'가 살짝 불편하고, 책은 당연히 돈도 못 버는 작가가 자기 돈 주고 사서 돌리는 게

관례인데 말이다. 여기 사람들은 책이 비싸기도 하거니와 책 인심이 그리 널널하지 않다. 작가도 출판사도 책을 쉽게 뿌리지 않는다. 글쎄 왜 그런지, 어떤 게 좋은 지는 잘 모르겠지만 매사 다른 것들이 자꾸 눈에 들어오면서 개인주의, 자유, 자율, 책임, 권리 이런 것들이 삶의 구석구석에 뿌리 박혀 있다는 게 느껴진다.

60억의 타인들

파리에는 볼거리가 너무나 많다. 너무나 많아서 아무 것도 안 볼 때가 나로서는 더 많다. 가끔은 나름대로 이유가 있지만 대개는 귀찮아서 그런다. 특별히 볼 뜻이 없어도 저절로 보이는 광고판만 빼고. 어떤 때는 이런 생각도 든다. 나라는 점점 후져지는데 그래도 문화 기획은 날이 갈수록 세련되는구나, 이것만 팔아먹고 살아도 이 나라는 망하기는 어렵겠다, 뭐 그런 심술이 작동한다. 아니 빼앗긴 것 많은 나라 사람의 심보라는 게 더 적절하겠다.

언제부터인가 웬만해서는 전시회에 가지 않는다. 상설전시는 특히 그렇다. 그런데 가끔씩 이거다, 싶게 눈에 번쩍 띄는 전시가 있다. 얀 아르튀르 베르트랑(Yann Arthur Bertrand). 이 사람 전시를 처음으로 본 것은 2000년대 초반의 일이다. 오페라 근처 전철역이었다. 어딘가에 가려고 그 역에 내렸다가 이 전시에 깜짝 놀라서 그날 일정을 포기했더랬다. 높이가 내 키를 넘고 폭도 몇 아름은 되는 듯한 엄청난 크기의 사진들이 홀에 빼곡하니 세워져 있었고 그 사이사이를 사람들이 지나다니면서 보고 있었다. 세계를 다 돌아다니면서 찍은 사진들이라 별별 장면들이 다 있었다. 아름다운 자연도 있었지만 고통스러운 인간사도 있었는데 '하늘에서 내려다 본 지구' 인 만큼 모든 사진은 아·름·다·웠·다.

'거리 distance' 의 힘. 사진 혹은 기록이라는 특별할 것 하나 없는 방법으로 아주 특별한 전시를 만들어 낸 것이 놀라웠고 나중에 그에 대해서 찾아보면서 그의 예술은 에너지에서 나온다는 것을 알았다. 그는 일년의 2/3 이상의 시간을 지구 구석구석을 떠돌면서 지낸다고 했다. 작품을 보면 당연히 그럴 것이라고 생각해야 하지만 그가 헬리콥터를 타고 햇빛과 바람에 마구 거칠어진 행색으로 무거운 카메라를 지구를 향하여 들이대는 모습을 담은 다큐멘터리를 봤을 땐 가슴이 찡했다. 얼마 지나지 않아 그는 곧 한국에도 소개되었고 그의 사진집이 출판되었고 그가 한국에 초대되기도 했는데 이번에는 『하늘에서 내려다 본 한국』이라는 사진집이 출간되었다. 또 한번 놀랐다. 내 나라, 대단한 대한민국에 대해서.

얀 베르트랑이 또 한번 사건을 만들었다. 그랑 팔레(Grand Palais)에서 1월 10일부터 2월 12일까지 지금까지 누구도 생각해 본 적이 없는 전시를 하고 있다. 4년에 걸쳐서 6명의 리포터가 75개국을 돌면서 45개의 언어로 40개의 질문을 5000명에게 해서 3500시간의 인터뷰를 기록한 것이다. 그들에게 이렇게 주문했단다. 60억의 타인들 앞에서 말을 해 보세요. 한 가지 질문에 하나씩의 집(천막 모양의 전시공간)

이 있다. 그 집에 들어가면 모두가 조용히 화면을 보고 있고 화면에는 클로즈업 된 인물들이 말을 하고 있다. 60억의 타인들, 혹은 그중 하나인 나에게. 그들이 특별한 말을 하지는 않는다. 그러나 그들 모두는 매우 솔직해 보인다. 그리고 그건 다소 놀랍다. 내 기분이었을까, 어쩌면 이런 본질적인 질문을 자기 삶에 던져 준 리포터에 고마워하고 있는 것처럼 보이기까지 한다. 미국이나 일본, 중국, 프랑스뿐만 아니라 이름도 한번 들어본 적 없는 오지의 구석구석까지 찾아다니며 같은 질문을 해 대는 리포터들의 작업 과정을 기록한 필름도 있다. 그들은 말한다. "관광의 반대죠." 그랬을 것이다. 빛을 보겠다고 여행객들이 찾아다니는 곳에는 한 군데도 가지 못하고 사람들이 살고 있는 구석구석 기어들어 가서 말만 시키며 4년 동안 75개국을 돌아다녔을 그들의 생활이 너무나도 환상적으로 보였다. 피로에 지쳐 반쯤 쓰러진 채 노트북 화면으로 이리저리 작업을 하고 있는 그들 사진을 보면서 진짜 '빛' 은 그들이 보았을 거라는 생각이 들었다. 사람 만한 빛이 또 있을 것인가.

껍데기와 껍데기

여기는 도서관이다. 내가 사는 기숙사 한가운데에 있는 웅장하고 고풍스러운 도서관이다. 공부하는 사람들이 가득 모여 있는 그 분위기가 어쩐지 내게는 힘이 되는 까닭에 하루에 한 번, 몇 시간씩 와서 앉아 있곤 한다. 요즘 노트북과 핸드폰 안 들고 다니는 사람이 없다. 나도 그렇다. 노트북에는 한국 시간이 뜨기 때문에 7시간만 더하면 되는데도 불구하고 시간을 볼 때마다 매번 당황스럽다. 오늘은 연락 받을 일도 있고 하여 핸드폰을 켜 놓고 시간을 확인하는 중이다. 진동으로 해 놓았지만 저게 울리면 어떻게 할 것인가를 고민하고 있다. 일단 받아서 아무 말 없이 도서관의 소음을 들려줌으로써 받을 수 없는 상태를 표현할 것인가, 바로 끊고 나서 밖으로 나가서 다시 전화를 걸 것인가 고민하다가, 핸드폰 카드 유효기간이 지난 걸 걱정하고 있다. 여기는 핸드폰은 1유로 정도로 싼 게 돌아다니고, 슈퍼나 담배 가게에서 흔히 파는 정액제 카드로 충전을 해서 통화하는데, 사서 15일, 혹은 한 달이 지나면 충전된 금액이 아무리 많이 남아 있어도 통화할 수 없게 된다. 핸드폰을 거의 쓰지 않는 나는 이제 카드를 사지 않기로 하는 중이다. 진동모드로 된 핸드폰, 바바리 주머니에 넣어 두면 전화가 온 걸 모를 거고 책상 위에 올려 두면 디리리리리~ 소리가 날 것이다. 쿠션이 있는 의자 위에 올려놓았다.

갑자기 앞자리 청년의 전화가 울린다. 받는다. 여자 친구인 모양이다. 나, 도서관인데 어쩌고 하면서 얘기가 길어지자 몸을 의자 뒤로 돌려 바닥을 향해 굽히고 수다중이다. 통화가 길어지자 슬슬 짜증이 난다. 자기가 꿩인 줄 아나. 꿩은 추격을 당하면 고개를 땅으로 박고서 자기가 숨은 줄 안다니까 말이다. 그때였다. 도서관 직원이 나타난 것은. 통화중인 그에게 깍듯하게 말을 건다.

"Ca va, monsieur? On vous dérange pas?"
괜찮으세요? (우리가) 방해되시는 거 아닌가요?

내가 잘못 들었나, 했다. 그런데 그 청년은 바로 알아들었다. 오케이, 알았습니다, 이러고는 아마도 여자 친구에게 '나, 전화 끊어야 되겠어!' 이러는 거다. 사실은 그러고도 한참 떠들었다. 그들의 대화법에 기가 막혔다. 한국말로 해도 돌려서 말하는 재주가 없는 나는 프랑스말로 할 때는 미묘한 상황을 만들지 않고 얘기를 간단하게 끝내기 위해서 아예, 나는 직선적이라고 선언하는 편인데 저들의 대화 장면을 보고 있자니 얼굴 찌푸리지 않는 방법은 참 여러 가지구나 싶다. 그러나 좀 걱정도 된다. 도대체 따라할 수도, 하고 싶지도 않은 일상적 수사들, 코드와 코드로 이루어진 길을 얄밉게도 잘 따라가는 저들의 편리함이 내게는 여전히 여러 겹의 껍데기로만 느껴지는 탓이다. 그 많은 껍데기들 속에 도대체 뭘 감추어 두려는 걸까?

광고? 경고?
권고!

지하철에 붙어 있는 안내문이 시가 되어 있다. 한참을 들여다봤다.

사랑에 푹 빠져서

츄잉검은 대단한 로맨티스트다
마음이 헤퍼서 쉽게도 달라붙는다
그러나 불쌍하게도 그 마음을 알아주는 이 없어
하염없이 사랑을 찾아 헤맨다.
사실 자기한테 딱 맞는 짝은 따로 있는데

가는 데마다 있는데…… 쓰레기통!

파리의 지하철은 세계에서 몇 번째로 꼽힌다. 더럽기로. 진짜 여러 가지로 지저분하다. 치워라, 치우자, 해도 물론 잘 안 될 테니 이렇게 웃기기라도 하려나 보다. 이걸 원어로 보면 진짜 시처럼 운율까지 딱딱 맞는다 좀처럼 깨끗해지지 않는 지하철과 수사가 돋보이는 안내문. 사람 마음 움직이게 하기 참 어렵다. 그래도 명령형이나 벌금형보다는 유머가 낫기는 낫다!

사람은
무엇으로 사는가

굳이 톨스토이를 들먹이지 않더라도 거의 모든 사람들은 이런 고민을 가끔씩(다행히도!) 하고 산다. 인생 매뉴얼이라는 제목의 책도 있지만 인생에 매뉴얼이 있을 리 없다. 만약 그런 게 있다면 사람들이 왜 그렇게 바보 같은 짓들을 하면서 살겠는가. 어리석고 바보 같은 짓, 그런 걸 나만이 아니라 세상 모든 사람들이 한다고 생각하면, 인생이 그런 거라고 생각하면 조금은 마음이 놓인다.

글이란 이렇다. 첫 문장을 잘 써야 하고, 과녁을 향해서 직행하기 위해서 생략을 잘 구사할 줄 알아야 한다. 그런데 사실 난 요즘은 잘 쓴

글에 대해서 부정적인 생각을 가지고 있다. 좀 더 정확히 말하자. 잘 짜여진 글일수록 거짓이라는 생각을 한다. 세련된 거짓말이 있는 그대로의 사실들을 투박하게 나열하는 것보다 훨씬 진실에 가깝다고 해도 달라지는 건 없다. 하여튼 지금은 그렇다. 어차피 진실을 글로 전달하는 일은 무척 어렵다. 그 어려운 일을 위해서 갈고 닦은 세련 '미'는 어쩐지 밉다. 낭만주의적 장광설이 오히려 낫다. 역시 인생은 돌고 도는 모양이다. 당연히 생각도 돌고 도는 모양이다. 스무 살 때와 정확히 반대의 생각을 하고 있는 나 자신에 관한한 적어도 그렇다. 이건 요즘 내가 가지고 있는 편견이다. 이 편견에서 놓여나기 위해서 나름 노력 중이다.

오늘도 누구를 만나고 왔다. 나이가 많은 편집자다. 몇 년 전의 르몽드 특집 기사에 의하면 프랑스에서 다섯 손가락 안에 드는 아트 디렉터인 그가 책과 출판의 미래에 대해서, 경제 위기라는 숫자 놀음에 대해서 의견을 피력하고 있는 걸 가만히 듣고 있자니 틀린 말은 하나도 없는 것 같은데 문제를 극도로 단순화시킨다는 생각이 든다. 동시에 저렇게 명쾌하게 사고할 수 있다는 게 부럽기도 하다. 연륜만은 아닐 것이다. 저 명석함으로 왜 책을 쓰지 않는지 물어본 적이 있다. 그는 아마 칭찬으로 받아들인 듯했지만 나는 뭔가 이상했다. 워커 홀릭과 딜레땅띠즘, 그 사이에 뭐가 빠진 것 같다. 돌아오면서 곰곰 생각하니 그의 말은 결국 한 마디로 요약이 되는 거였다. 인간의 삶이란 95%가 습관으로 유지된다는. 맞는 말이다. 참으로 시시하게도!

버스에서

파리는 대중교통 시설이 아주 좋은 편이다. 버스와 지하철이 통하지 않는 곳이 거의 없고 버스의 경우, 유모차나 휠체어를 가지고 탈 수 있어서 노약자나 아기 엄마들도 이용하기 쉽게 되어 있다. 길눈이 하도 어두워서 나는 버스 지도를 들여다봐도 어디가 어딘지 잘 모른다. 그래서 늘상 지하철만 타고 다니니 풍경이 우울하다. 버스보다 지하철이 빨라서 그런지 지하철 타고 다니는 사람들은 여유가 없어 보인다. 여러가지로 그렇다. 땅밑으로만 다니는 게 지겨워서 얼마 전부터 노력해서 버스를 탄다. 버스를 타니 딴 세상이다. 창밖 풍경도 그렇지만 차 안도 그렇다.

엊그제 있었던 일이다. 자리가 널널한 편이라 바깥 경치 감상하기 가장 좋은 자리에 골라 앉았다. 앉고 보니 어떤 할머니와 할아버지가 두리번두리번하더니 할머니는 내 옆 자리에 할아버지는 그 뒷자리에 앉았다. 그런데 프랑스의 버스 안 자리 배치는 이상하게 되어 있어서 두 사람은 등을 돌리고 앉게 되었다. 나는 곁에 앉은 할머니에게 물었다. "아, 두 분이 같이 앉으시겠어요? 제가 뒤로 가지요." 할머니는 손사래를 쳤다. 괜찮다고. "가끔씩 헤어져야지요!" 하면서. 속으로 웃음이 나왔다. 불안해하는 표정의 할아버지와 카리스마 만점의 할머니라니. 거의 한국 아줌마 수준이군, 하고 웃음을 참고 있는데 할머니, 한 말씀 더하신다. "이러면 좋은 거 있죠!"

그 할머니, 내가 내릴 정류장을 잘 몰라서 좀 물었더니 어찌나 자세히 일러 주시는지 후회가 다 될 지경이었다. 같은 말 반복하기 싫어서 네, 네, 하면서 자리에서 일어났다. 나오면서 뒤돌아보니 할아버지는 어느새 할머니와 조금이라도 더 가까운 자리로 옮겨 앉아 있다. 그 모습이 꼭 엄마 떨어진 아기같이 불쌍한 얼굴이건만, 나 때문에 두 양반이 말싸움을 시작했다. 저 여자가 어디에 내린다고? 로 시작해서 할머니의 따지는 듯한 커다란 목소리와 할아버지의 징징대는 말소리……. 결국에는 두 사람이 의견 통일에 이르는 걸 보고 내렸다. 늙으면 여자는 남성호르몬이, 남자는 여성호르몬이 많아진다는 얘기는 세계적으로 정말인가 보다.

외로움에 지친 영혼들 혹은 개인주의

파리 시내를 몇 시간만 돌아다녀 보면 알 일이지만 하루에도 몇 번씩 마주치는 성난 인간들이 있다. 술에 취한 것도 아닌데 혼자서 소리를 고래고래 지르거나 찻길 한복판으로 걸어 가거나, 그것도 아니면 지나가는 사람에게 말을 걸고 대답 없다고 혼자서 화를 내거나 상황도 다양하지만 늙고 젊은 여자와 남자 혹은 흑인과 백인(이상하게도 이러는 아시아인은 한 번도 본 적이 없다), 사람도 다양하다.

작년 여름, 처음 파리에 도착했을 때, 시내에서 벗어난 불로뉴라는 곳에 잠시 살았다. 지하철역에서 나오면 바로 작은 공터와 벤치가 있고 그 뒤로 네모난 건물들이 죽 늘어서 있는 아파트 단지였다. 바로 그 아파트 단지의 공터, 그 벤치에 항상 있는 아프리카 젊은이가 있었다. 웃통을 벗고 여유만만하게 일광욕을 즐기는 것까지는 좋았는데 시도 때도 없이 연극 무대에라도 선 사람처럼 커다란 목소리로 뭔가 한참 말을 하곤 했다. 우리 아이들은 무섭다며 피해 다니면서도 지들끼리 그에게 이름을 붙여 줬다. 청춘 거지. 그러면서 그에게 익숙해졌다. 다른 지하철역에서 자고 있는 청춘 거지를 봤다, 시내에서 청춘 거지 만났다, 이러면서 저녁이면 그는 심심찮게 우리 아이들의 화제에 오르곤 했다. 언제부터인가 아이들은 청춘 거지가 무섭지 않고 불쌍하다고 했다. 너무 외로워 보인다고 했다. 그랬다. 그렇게 외로운 인간들이 파리에 널렸다. 외로움에 지쳐서 병든 영혼들. 그런데 신기한 것은 그런 외로움이 안으로 안으로 파고드는 병이 되는 게 아니라 공격적이 된다는 점이다. 나를 이렇게 외롭게 만든 세상을 용서하지 않겠다는 듯이 뱉어 내는 적의에 찬 말들……. 그리고 더 신기한 것은 공격적인 것은 오로지 말, 그 말을 하는 눈빛과 제스처일 뿐 실제로 그들 중 아무도 지나가는 사람들을 해치거나 위협하지는 않는다는 점이다. 그리고 하나같이 말들이 유창하다는 점이다.

오늘도 겨우 두 시간 돌아다닐 일이 있었는데 이런 사람을 셋이나 봤다. 그중에서, 한여름 날씨지만 코트까지, 그러나 곱게 잘 차려입은 단발 머리 백인 할머니가 강렬한 인상으로 남아 있다. 쉴 새 없이 말을 하면서 화를 내는 걸 봤는데 그 눈빛이 잊혀지지 않는다. 그 할머니는 어디로 갔을까? 왜 그렇게 화가 난 걸까? 도대체 무슨 말을 했던 것일까? 나는 한 마디도 알아듣지 못했다.

색깔이 필요해

환한 색깔을 보면 순간적으로 기분이 좋아진다. 그럼에도 불구하고 색깔과 친하지가 않다. 걸치고 다니는 옷이나 내 눈에 보이는 집과 사무실의 모든 물건들, 그리고 서울의 풍경들에는 색깔이 별로 없다. 그러니 어쩌다 색깔에 꽂혀서 뭘 사들이곤 하지만 결국 그 색깔 때문에 장롱 속에, 벽장 속에 고이 모셔 두기 일쑤다. 유럽에는 색깔이 훨씬 많다. 그것도 남쪽으로 내려갈수록 점점 더. 밖에서 보이는 집들의 색깔이나 창틀, 실내 인테리어, 식탁에 쓰이는 냅킨이나 접시, 그릇 등등에 화사한 색깔이 많다. 오늘도 색깔에 꽂혀서 정체 모를 노란 도자기를 샀다.

창고 비우는 날이라는 게 있다. 미국에서는 garage sale이라고 하지만 프랑스에서는 vide grenier라고 한다. 그게 그거지만 낱말의 선택에서 은근한 차이가 있다. '판다'와 '비운다' 사이의 거리. 집에서 쓰던 물건을 가지고 나와서 팔 수 있도록 시에서 멍석을 깔아 주는 행사인데, 20유로 정도의 자릿세를 내고 주민들 누구나 참여할 수 있도록 되어 있다. 관광객들이 몰리는 유명한 벼룩시장은 더 이상 볼 것이 없어져 버렸다. 너무 커지고, 너무 사람이 많아진 반면 물건들은 너무 비싼 수집품이거나 동대문 시장 좌판만도 못한 싸구려만 깔려 있기 때문이다. 관광은 경제적으로는 아주, 그리고 점점 더 좋은 아이템인 것 같지만 여러 가지 폐해가 많다. 날로 늘어나는 호텔과 레스토랑, 점점 더 자주, 그리고 꽉꽉 차서 움직이는 비행기와 기차와 자동차들이 만들어 내는 갖가지 차원의 공해는 그렇다 치더라도 정말 멋진 유적지들조차 식상하게 만들어 버리는 관광객들의 무리라니! 일단 사람들이 너무 많으면 북적거리고 피곤할 뿐만 아니라 수 세기 전 유물에서도 무언가를 느낄 수 있는 분위기 조성이 안 된다. 여행이라는 게 점점, 산업화된 관광의 화살표만 따라가다가 뭔가의 끝에 도달하는 허무함이 되고 있는 거 같다.

관광객들이 별로 없는 곳이 동네마다 일 년에 한두 번 열리는 작은 벼룩시장이다. 가 보면 정말 별별 물건이 다 있다. 저런 걸 누가 사갈까 싶은 것에 엉뚱하게 비싼 가격이 매겨져 있는가 하면, 멋진 의자나 전등 같은 게 헐값에 나와 있기도 하다. 온 식구가 나와서 물건을 정리하고 팔고 흥정하는 집이 있는가 하면, 진짜 집에서 쓰다 가지고 나왔을까, 재고 처분하는 거 아닌가 싶게 같은 물건이 수북이 쌓여있는 집도 있다. 뤽상부르 공원 뒷길, Rue Michelet에 내가 도착했을 때는 이미 비가 추적추적 내리고 있었다. 파할 시간도 많이 남지 않았고, 투덜대면서 짐을 싸는 사람도 있었다. 어떤 부인이 혼자서 지루한 표정으로 서 있는 집에 눈길을 끄는 게 있었다. 호텔 같은 데서 격을 갖춰서빙할 때 쓰는 커피포트, 우유포트 그리고 설탕 그릇. 어딘가 동양적 분위기가 풍기는 무늬였지만 그릇의 쓰임새로 보면 이곳 스타일이었다. 자꾸 들여다보고 만져 보는 내게 그녀가 말을 걸었다. "그거, 모로코 도자기예요" 하고, 시작한 말이 주저리주저리 이어진다. 저런 이야기를 즐기는 것이 벼룩시장의 재미인 줄은 알지만 나는 별로 말하고 싶은 마음이 아니라 물건만 본다. 예쁘기는 했지만 사도 쓸 것 같지는 않았다. 그 곁의 노란색 물컵 같은 것 세 개를 겹쳐 놓은 데 눈길이 갔다.

"이건 뭐에다 쓰죠?"
"아! 그거, 허브 같은 거 키우기 좋아요."
"아 예쁘네요."
"세 개 다 사시면 3유로에 드리지요."

싸긴 싸다. 그러나 내가 언제 허브를 키우랴 싶기도 하고, 바질이나 민트를 사서 한번 키워 볼까 싶기도 해서 망설이다가 제일 큰 것을 하나 달라고 했다. 빗방울이 점점 더 자주 떨어지고, 집 안의 색깔을 모두 바꿔버려서 노란 물건이 어울리지 않는다는 그녀의 말을 마지막으로 결국 나는 세 개를 몽땅 사서 들고 왔다. 그래, 집에는 색깔이 있어야 해. 저렇게 색깔을 바꿔 가면서 살아야 한다고, 혼자 한국말 프랑스 말 섞어서 중얼중얼거리면서 걷고, 전철을 타고, 파리 외곽을 도는 순환열차를 한 번 더 갈아타고 차이나타운에 가서 쌀과 파와 맥주를 무겁게 사 가지고 돌아왔다. 언제나 사람이 많고 빨리 움직이는 그곳 차이나 타운, 거기에는, 아니 거기에도, 색 · 깔 · 이 · 없 · 었 · 다.

우리 집은 1845년부터

파리에 수없이 드나들었지만 나는 프랑스 레스토랑을 잘 모른다. 요즘은 한국 사람들에게 소문난 맛집도 많은 모양이지만 관광객들이 많은 곳은 일단 손님이 너무 많아서도 분위기나 음식이 좀 의심스럽다. 괜찮은 식당을 소개해 달라고 하면 까다로운 프랑스 친구는 파리에는 프랑스 음식이 없다, 라고 말해 버리기 일쑤고 가끔 초대받는 식당은 대체로 이탈리아 아니면 일본 식당이다. 내게도 손님이 오는지라, 프랑스 식당을 좀 찾아보려고 작정을 했다. 그 덕에 가격이 착하고 투박하지만 음식도 괜찮은 식당을 발견했다. 영화나 하나 볼까 하고 프로그램을 들여다보다가 주인장과 대화를 하게 되었다. 심심하고 말 많은 그에게서 벗어나기 위해서 근처에 괜찮은 식당 있냐고 물었다가 알게 된 곳인데 우리식으로 말하면 오래된 가정식 백반집 같다. 양이 많은 음식을 이리저리 감상하다가 결국 남기고 계산을 하려는 순간, 눈에 들어오는 예쁜 타일에 '우리 집에서는 수표를 받지 않습니다' 라고 써 있다. 요즘 이상하게 이런 레스토랑이 많다. 뭔가 있는 거 같다, 고 생각하는 순간 머리 위에 걸린 알림판이 들어왔다. '우리 집은 1845년부터 신용카드를 받지 않습니다' 결코 재미있는 내용이 아니지만 웃을 수밖에 없다. 베를렌느(Verlaine), 랭보(Rimbaud) 등의 시인들이 드나들던 200년 넘은 식당이라는 것을 은근히 내세우면서 할 말을 다하는 귀여움이라니.

버스를 타도 그렇다. 타고 내리는 부분에 눈에 잘 띄게 이렇게 쓰여 있다. '웃으세요! 당신은 지금 사진 찍히고 있거든요.' 무슨 말인가 하고 그 밑에 적혀 있는 작은 글씨를 읽어 보면 여러분이 마음 편하고 안전하게 버스를 타고 다닐 수 있도록 감시 카메라를 설치했다는 것, 감시 카메라는 가장 확실하고 안전한 보안장치라는 설명이 적혀 있다. 무시무시한 일들 때문에 설치했을 게 분명하지만 애교 만점이다. 이런 글귀들에 익숙해서인가, 런던에서 지하철을 탔을 때 이상하게 갑갑했다. 왜 그런가 하고 주의를 집중한 결과, 가는데마다 이것을 하지 마라, 저것을 해라 등등의 강도가 높고 낮은 주의사항 내지 지시사항이 눈길 가는 데마다 적혀 있다는 걸 알게 되었다. 그 문구들 때문에 끊임없이 간섭 당하고 감시 당하는 기분이었던 것이다. 일방적으로 지시하는 문구는 사람을 구속한다는 걸 그제야 느꼈다.

참 다르다. 이것저것. 여기저기. 국경 혹은 경계선은 도처에 있다.

잠 안 오는 밤
아니, 아침

임시로 산다는 거, 내가 속한 모든 것으로부터 멀리 떨어져 산다는 거, 좋은 일임에 틀림이 없다. 인생이 여러 가지 차원에서 간단해지는데 집안일만 해도 그렇다. 일단 짐이 없다.

최소한의 물건으로 사는데 익숙해지다 보니 서울에서 어쩌자고 그 많은 물건 속에서 살았나 모르겠다. 여기까지는 참 좋은데 그러다 보니 어질러 놓기 일쑤다. 이제는 돌아갈 때가 되어서 더 그렇다. 어수선하기 짝이 없는 집안 구석구석을 보면서 저것들을 어떤 순서로 어떻게 정리해야 할지 생각만 하고 손발을 움직이지 않는 탓에 머릿속에 그 일들을 짊어지고 다니자니 더 피곤하다. 그러다 드디어 어젯밤에 정리를 시작했다. 모든 정리라는 게 기준이 있어야 효율적인 건데 그냥 마음 가는대로 했다. 하면서 바보같이 일한다는 생각은 들었지만 마음은 편했다. 그러다가 새벽녘에 잠들었는데 매우 일찍 일어났다. 이런저런 이유로 잠이 깨도 시계만 확인할 뿐(거의 본능적으로 하는 일이 겨우 시간 확인이라니!) 안 일어나는데 오늘은 아들 녀석 전화 때문에 일어났다.

이 녀석은 며칠 전부터 대부분의 프랑스 사람들도 이름을 들어 본 적이 없는 시골구석에 가서 봉사 활동을 하고 있는 중이다. 열다섯에서 열일곱 살의 아이들 열세 명이 모여서 텐트 생활을 하면서 막노동하는 캠프다. 먹고 살아야 하니, 하루에 세 명씩 당번을 정해서 집안일(?)을 한다고 하니 나는 속으로 몹시 흐뭇하다. 이 녀석이 집으로 돌아오면 집안일이 몸에 배지 않을까 하는 기대로 말이다. 용건이라는 게 볶음밥을 어떻게 만드느냐는 거였다. 설명을 하다 보니, 10유로로 장을 봐서 열다섯 사람분의 음식을 만들어야 한다는게 신기할 따름이다. 먹거리에 관한한 여기 물가가 서울보다 싸지만 그래도 그 돈으로 열다섯 사람이 먹는다는 건 거의 군대 수준, 아니 서바이벌 게임 수준이다. 열심히 설명을 하고 보니 쌀을 사고(쌀도 여기는 너무 여러 가지라서 설명이 필요하다) 밥을 한다는 것 자체가 어렵겠다는 생각이 든다. 전기밥솥은 물론 없고 뚜껑도 없는 거대한 냄비에 불 조절하면서 어떻게 밥을 할 건지! 상상이 안 된다. 설명하자니 잔소리가 많아지는데 정작 이 녀석은 일해야 하니 바쁘다면서 끊자고 한다. 신발도 떨어지고 긴팔 옷도 없어서 춥다면서도 아무 것도 보내지 말라는 거 보면 그게 규칙인가 보다. 그렇게 살 수 있다는 걸 몸으로 터득하고 나면 맨날 뭐 사 달라고 조르던 녀석이 변할 수도 있지 않을까?

봉사 활동, 남을 위해서 사는 일. 먹고, 자고, 입는 일을 최소화하는 생활. 이보다 더 좋은 교육이 있을까 싶은데, 귀국하자마자 부딪힐 입시를 생각하니 한심한 건 사실이지만 멀리 있어서 그런지 감각이 없고 느긋하기만 하다. 애들이라는 게 부딪히면 하게 되겠지, 라는 근거 없는 믿음도 생긴다. 이렇게만 살 수 있다면 얼마나 좋으랴!

지겨운 체계들

방학이고 여행철이라 오는 사람도 가는 사람도 많고 기숙사 분위기도 좀 들떠 있는 편이다. 여기 사는 사람들만 그런 게 아니고 여기서 일을 하는 사람들도 그렇다. 보안 요원은 오히려 일을 많이 하는 거 같지만 청소하는 사람들은 저마다 휴가를 떠나고 일도 헐렁해졌다. 청소 아줌마가 하는 일은 이렇다. 월요일은 진공 청소기, 수요일은 쓰레기통 비우기, 금요일은 욕실과 부엌 그리과 화장실 청소. 그러니까 월요일은 쓰레기통이 가득 차 있어도 청소기만 돌리고 가고 금요일은 바닥이 아무리 지저분해도 세면대와 변기만 반짝반짝하다. 옛날엔 청소 아줌마가 왔다 가면 쓰레기통은 당연히 비어 있고 청소기 돌리고 걸레질해서 방이 깨끗해졌었다. 처음엔 이 '체계'를 몰라서 청소 아줌마가 안 왔다 갔거나 일을 엉터리로 하는 줄 알고 관리부에 얘기를 할까 했었다.

침대 시트는 3주에 한 번씩 갈아 준다. 그들이 새 시트를 들고 오면 내가 헌 시트를 걷어 내서 줘야 한다. 옛날 유학 시절에는 청소 아줌마가 깨끗한 시트를 갈아서 침대를 말끔하게 정리해 주고 가면 외출에서 돌아왔을 때 기분이 참 좋았는데 못하는 침대 정리를 손수 하려니 나름 낑낑대고도 단정하게 잘되지 않아서 은근히 불만이다. 그런데 방학이 되고 나니 현관에 떡하니 공고가 붙은 거다. 바캉스 철이라 일일이 시트를 못 갈아 주니 헌 시트를 가지고 오는 사람에 한해서 새 시트를 주겠단다. 우리 집 바로 앞이 시트 등의 물건을 두는 창고인데 청소 아줌마들 일하는 방이 있는 건물로 가란다. 오늘 큰마음 먹고 시트를 모두 걷어서 나갔다. 침대가 여러 개라서 이것도 꽤 무겁다. 낑낑대고 갔더니 상냥한 아줌마, 하시는 말씀이. "아! 이제 여기는 시트가 하나도 없는데. 도로 너네 집으로 가지고 가면 내가 좀 있다 새 걸로 가져다줄게." 이런다. 힘들고 어이없어서 멍하니 서 있었다. 이 청소부 아줌마들을 총관리 감독하는 아저씨는 이러지 않는다. 최소한 헌 시트라도 받아 두든가, 아니면 같이 나눠서 들든가! 같은 아프리카 사람이라도 이 아줌마는 말마다 '나, 프랑스' 라고 내세우는 느낌을 준다. 미안하다고라도 하든지, 여기다 두고 가면 새 것을 가져다 주겠다고 하든지, 그 정도는 해야 예의인 거 같은데 그저 '왜냐하면' 과 '그러므로' 를 써 가면서 말만 유창하다. 내가 할 말을 잃고 멍하니 쳐다보고 있으니 같은 말 두 번 반복한다. 그제야 포기하고 알았다며 발길을 돌리려니, 환한 웃음을 띄우며, "아, 내 말을 알아들었구나?" 한다. '그 반대거든!' 속으로 이렇게 말하고 돌아서서 다시 낑낑 매고 오려니 약이 오른다. 화난 마음 달래느라 이 글을 쓰기 시작했는데 금새 새 시트를 들고 온 그 아줌마 똑똑 방문을 두드린다. 귀찮아서 들어와서 두고 가도 된다고 소리를 치고 싶지만 마음 약해서 또 예의 바르게 문을 열어 줬더니 “큰 거 두 개, 작은 거 네 개, 베갯잇 네 개 다 맞지?” 이러면서 생글생글 웃는다.

나 같으면 처음부터, 일이 이렇게 되어 미안하다, 어차피 시트가 너네 집 앞에 있으니 같이 가자, 이랬을 거다. 이 놈의 나라, 내가 곧 떠날 거니까 상관 안 하고 살자 싶은 마음이 일어난다. 외국에 사는 건 이래서 지겹고, 이래서 좋다.

나 같은 사람 들어오면 어쩔래요?

며칠 여행을 다녀왔다. 바깥바람은 언제나 좋다. 그동안 자리를 비웠더니 여러 가지 차원에서 할 일이 너무나 많다. 집이 작고 사람이 별로 없으니 적어도 가사 노동은 별로 없다고 늘 생각했는데 상황에 따라서 결코! 그렇지가 않다. 해가 쨍 내리쬐고 집 안에 먼지도 많아서 창문을 활짝 열어 두었다.

열어둔 채로 어지러운 방 안은 손도 못 댄 채 컴퓨터 자판을 열심히 두드리고 있는데 누가 창문으로 쑥 얼굴을 들이밀며 인사를 한다. 너무나 놀라서 소리를 질렀는데 얼굴을 보니 착하게 생긴 아저씨다. 흑인이 검은 티셔츠를 입고 상반신을 들이미니 잘 안 보여서 더 놀랐던 듯하다. security라고 쓴 제복을 입은 사람인걸 보고 모든 걸 이해했지만 흑인이라서 더 놀란거 같아서 미안하다. 집이 거의 반지하에 가까운 1층이라서 창문으로 쉽게 사람이 드나들 수 있는 구조이다. 그는 보안 문제로 간단한 주의를 주고는 손가락으로 자기 얼굴을 가리키면서 이런다. "이렇게 문 열어 놓다가 나 같은 사람이 들어오면 어떡할거냐"고. 아프리카 사람들이 워낙 낙천적인 거 같기도 하지만 늘 당하고 힘들게 사는 사람들이라서 자기 방어력보다는 이해심이 많고 가끔 이렇게 정곡을 찌르면서 웃기는 사람들도 꽤 있다. 웃지도 않고 그렇게 말하고는, 미안해서 더듬거리는 나를 뒤로 하고 돌아서는 모습이 그렇게 봐서 그런가 쓸쓸하다.

그를 보내고 창문을 닫고 돌아서니 그제야 오늘 아침 사무실에 가서 우리가 여행에서 돌아오니 방문이 열려있더라는 말을 했던 기억이 난다. 분명히 문단속을 꼭꼭하고 갔었는데 집에 들어오다가 보니 현관문이 활짝 열려있는 거였다. 그렇지 않아도 도둑 조심하라고 공문을 받은 차여서 더럭 겁이 났지만 집 안에 없어진 물건은 아무 것도 없어 보였다. 그래도 본부에서 알고는 있어야 할 거 같아서 얘기를 했더니, 알았다, 조치하겠다, 라고 하던 금발의 꽁지 머리 남자가 메모하던 기억이 났다. 건물 관리를 맡은 흑인 남자가 옆에서 듣고 있다가 우리 바로 위층 여자는 노트북을 도난 당했고 그 옆 건물 일 층에도 도둑이 들었었다는 얘기를 하면서 집에 있을 때도 창문 열지 말라며 이런저런 얘기를 하던 기억도 났다. 금발 머리보다는 마음으로 뭔가를 도와주려는 게 전해져 왔지만 어쨌든 거의 완전 프랑스식인 그의 언행을 통해서 그래, 도둑은 도둑대로 너네들은 너네들대로 '체계적으로' 활동하겠구나, 그리고 우리에게는 아무 변화가 없겠구나. 그러니까 도둑을 맞고 안 맞는 것은 순전히 운이겠구나 싶었는데 그런 느낌이 바로 현실로 확인되는 기분이었다. 사실 물건 없어지는 거보다 위험한 일이 얼마든지 있는데 범죄도 우리보다 훨씬 선진화(?)된 이곳이지만 자세히 들여다보면 일상적인 차원에서는 폭력이 우리 사회보다 덜한 거 같다. 주먹이든 흉기든 언어든 폭력은 감정을 바로 행동으로 옮기는 데서 나온다. 그런데 이들은 아무리 바쁜 경우에도, 극한적인 상황에서도 '말을 통해서' 표현하는 게 많기 때문이 아닐까 싶다. 영화나 소설에서 보면 살인범조차도 말은 정말 멋있게 하는데 실제로도 그런지는 알 수 없으나 적어도 프랑스에서, 프랑스 말로 소통하는 한, 거의 모든 사람들이 수사에 능한 것만은 틀림없다.

각자의 일

내 방에서 일하고 있는데 아들 녀석이 제 방에서 밥 뭐 먹을 거냐고 소리 지른다. 각자 자기 방에서 목소리를 높이며 아들과 입씨름을 하고 있는데 이번엔 현관 쪽에서 누가 걸어 들어온다. 예의 까만 옷을 입은 까만 security사람들이다. 내가 문 열어 놓은 거라고, 걱정 말라며 안심시키니 그러냐며 바로 돌아선다. 돌아서는 걸 붙들고 말을 좀 시켜 보았다. 근데 당신들 이러고 다니면서 도둑을 잡은 적은 있냐고, 이 기숙사촌에 훔칠 게 뭐 있다고 도둑이 들겠냐고(도둑도 노력의 대가가 나와야 할 테니 말이다). 근데 그렇지 않다고 한다. 배고픈 사람들이 많이 있고. 이 주변에 사는 이 기숙사를 잘 아는 사람들이 핸드폰, 전자수첩, 노트북 등만 골라서 털어간단다. 그래서 그 사람들 잡으면 어쩔거냐고 물어봤다.
'우리의 일' 은 그 사람을 경찰서로 넘기는 거고, '경찰의 일' 은 그 사람을 판사한테로 넘기는 거고, '그 다음의 일' 은 판사 마음이란다. 벌 주고 싶으면 벌 주고, 냅두고 싶으면 냅두고. 그게 '프랑스 법' 이란다. 내가 보기엔 그게 프랑스 법에 대한 '그 사람들의 판단' 인 거 같지만 간단하고도 적절한 묘사로 보인다. 그들과 어울려 잠시 프랑스 사람 흉을 보았다. 어쩌고 저쩌고 이러쿵 저러쿵 쏼라쏼라……. (이런 일은 심지어 프랑스 사람까지도 흥미롭게 생각한다!) 결론적으로 '우리의' 의견으로는 프랑스 사람들은 인간미가 없고 뭘 모른다, 왜 그러고 사는지 모른다, 뭐 이런 정도인데 끝없이 길어질 그들의 이야기를 내가 나서서 정리해 주었다. 그런데 당신들 생각에는 프랑스인들의 그런 삶의 태도가 나아질 여지가 있을 것 같냐? 내가 보기엔 아니다. 그들도 내게 완전히 동의했다. 그런데 덧붙이는 말이 걸작이다. 절대 아니다. 그런데 얘들은 왜 잘 사는지 모르겠다, 왜 부자인지 모르겠다. 그러게 말이다.
제3세계 사람들 다 쫓아내면 프랑스 사람들끼리 살기 힘들 것이다. 그런데도 경제가 어려워지니까 외국인들에 대한 처우가 날로 나빠지고 있다. '종이 없는 사람들' (프랑스의 별칭은 '종이의 나라' 다. 매사 실제보다 절차와 형식을 더 중요시 하는 걸 꼬집는 뜻)로 분류되는 불법 체류자들을 적발해서 강제출국시키는 정부도 있지만 그에 반대하는 침묵시위가 세느강 오른쪽 관광명소(우리같으면, 부와 소비의 상징인 압구정이나 청담동쯤 되는)에서 벌어지는가 하면 부동산 법에 의하면 돈이 없어서 집세를 못내는 세입자를 집주인은 열 달까지는 쫓아낼 수 없다. 노점상을 단속하는 건 경찰의 일이지만 인간이고 개인인 경찰은 단속을 하는 시늉을 할 뿐 생업으로 어설픈 장사 행위를 하고 있는 피부색 검은 사람들을 진짜로 겁 줄 생각은 없어 보인다. 사회당 정부 시절의 마인드가 삶의 구석구석에 남아 있어서, 독재의 잔재에서 좀처럼 벗어나기 어려운 우리 사회보다는 '인간의 권리와 존엄'에 대해서 훨씬 민감하다. 역시 여긴 딴 세상이다. 서울에서 벌어지고 있는 일들을 떠올리니 갑갑하다. 같은 말을 반복하고 또 반복하고 그래도 듣는 귀가 없고 변화하지 않는 사회, 그래서 생각도 발달하지 않고 삶도 나아지지 않는 사회. 아니다. 나아지지 않는 것은 '정부' 일 뿐이다!

오, 아프리카

이 일과 저 일 사이로 몸을 움직이면서도 내내 마음이 편치 않다. 최대한 조용한 환경과 조건을 만들었는데도 그렇다. 진한 에스프레소를 한 잔 마시고 숨을 고른다. 마음에 있으되, 손과 발을 움직여서 하지 못한 수많은 일들이 늘 이렇게 뒷꼭지를 당긴다. 이럴 때는 잘 들여다보고 가장 힘 센 한 가지를 쏟아 놓는 편이 차라리 낫다. 아프리카…… 아니, 나 혹은 우리. 대한민국 땅을 한 치도 벗어난 적이 없던 시절, 아프리카는 내게 꿈의 고장이었다. 사막과 태양의 열기가 지루하게 펼쳐지는 곳, 인고의 시간을 지내면 오아시스처럼 시가 찾아오는 곳. "사막이 아름다운 것은 어딘가에 오아시스가 숨어 있기 때문이다" 어린 왕자의 한 구절이 그대로 적용되는 하나의 풍경이었다. 이쪽, 또 저쪽으로 수없이 국경을 넘으면서 그런 순진한 생각은 벌써 오래전에 없어졌지만 어제는 아무래도 뭐가 쳐들어오는 날이었을까, 내겐 아프리카의 날이었던 거 같다.

저녁에 택시를 탈 일이 있었다. 현대 투싼을 모는 택시 운전사는 타이티 출신의 피부가 검은 남자였다. 내 차 무지 좋다. 너네는 남한 사람이냐, 북한 사람이냐? 한국이 두 개지? 라는 질문에 원래 그랬던 것은 아니고 2차대전 끝에 그렇게 되었다. 미국과 소련 때문에, 라고 답한 이후 그는 너네만 그런 것이 아니라면서 내겐 고갱 그리고 '노아노아'로 기억되는 타이티라는 아름답고 강렬한 머릿속의 어떤 고장을 스페인과 프랑스가 사이좋게(?) 나눠 가진, '사람' 살고 있는 곳으로 분명하게 각인시켰다. 택시 운전사들 중에서는 드물게 교양이 풍부한 사람이었다. 정중하고 격식을 갖춰서 말할 줄 알았다. 25년 프랑스에서 살아오면서 미용사 등등의 직업을 거쳐 택시 기사라는 안정된 직업을 가지기까지의 고단한 삶을, 뿌듯함을 감추지 않고, 그러나 자만심 없이, 겸손하게 이리저리 들려주었다. 파리 남쪽 끝에서 북쪽 끝까지 가는 길, 관광지다운 아름다운 야경을 통과하면서 이리저리 중요한 포인트를 짚어 주는 사이사이 펼쳐지던 그의 삶과, 사람은 고난 속에서만 배울 수 있고 겸손해질 수 있음을 말하던 그의 말투가, 동시에 강하게 요구하는 자만이 얻을 수 있음을 힘주어 얘기하던 그의 온건한 얼굴이 인상에 남는다.

좀 많은 팁을 주고, 악수까지 나누고 헤어지는 내내 낮에 순찰 돌던 사람들이 생각났다. 열린 일 층 창문에 손을 쑥 집어넣어 노트북을 건드리면서, "내가 도둑이라면 어떨 거 같냐?"고 어떤 백인 남학생에게 물었다고 하던 그가 간 다음에 배고픈 사람들이 자꾸 생각났다. 배가 많이 고프고, 노트북 같은 거 잃어버리면 하나 더 사면 되는 사람들을 매일 보면서 손 닿는 곳에 놓인 물건 앞에서 갈등하고 시달려야 하는 것도 일종의 고문일 것이다. 잃을 것이 더는 없어 보이는 아프리카인들, 프랑스 사람들이 하기 싫어하는 가장 더럽고 귀찮은 일들을 행운의 일자리로 아는 그들은 비교적 단순하고 당당하기까지 하다. 지하철에서 무임승차하는 것도 주로 그들인데, 그 당당함을 보면 애들처럼 '멋있다'는 생각도 든다. 우리처럼 역무원이 있는지 살피고 이리저리 눈치 보고 가슴 조이는 일 없이 가방 먼저 탁 소리 나게 던져서 주변 사람들을 깜짝 놀라게 하고는 가볍게 훌쩍 개찰구를 뛰어넘는 모습은 배경에 음악만 깔리면 그대로 영화의 한 장면이 될 것 같아 보인다. 그런다고 그들의 가난이 가벼워지랴마는 그렇게 받아들이는 모습도, 그렇게 놔 두는 모습도 목숨을 던지면서 투쟁하는 것보다 나아 보인다. 어쩔 수 없이.